Seba · 蝴蝶

Seba・蝴蝶

蝴蝶館 70

官官相護

Seba 蝴蝶 ◎ 著

elegantbooks

官道上一騎踽踽獨行。

馬是駿馬，皂服官衣的郎君俊俏挺拔，風塵僕僕也不掩其色，恰是春時日暖花鬧，端得讓人眼睛一亮。

頓生「春日游，杏花吹滿頭。陌上誰家年少，足風流。」之感。

已近桃源縣城，鄉下地方的大姑娘小媳婦膽子可大，瞧瞧英俊郎君拋花擲果只算是讚美，還打夥起來調笑，羞得小書生落荒而逃是常事……不夠好看還沒這待遇呢。

但是拿起花兒果兒的姑娘們，等這俊俏少年郎君騎馬相近，一看清楚了腰上懸的百花袋，和那玲瓏有致的身材……臉上的笑立刻垮了，奄奄的把花果收進籃子，不浪費表情了。

好看有什麼用？俊俏有什麼用？那怕披上一身官皮，還是個女的、姑娘。

嚴格來說，是個胥吏，而且是個女吏。

大燕女帝當朝已然三代，吏政是有史以來的重視，不再是「父傳子、兄傳弟」的把持，也不是師爺幕僚那種編制外，而是認認真真的放進制度內，吏部早改制成官司和吏司，各不干擾了。

（穿越一點的解釋就是，胥吏就像是普考高考出身的公務員，而進士出身的官，咱們這兒是靠選舉的。）

不講究出身，也不講究性別。只要考試能通過，就能分發到缺員的地方出任。官有九品，吏也有九級。吏是低官一頭沒錯，打個比方說吧，六級吏遇到九品官是可以平起平坐的。不是當了官就能對吏頤指氣使。

地位也是大大提升，當中希罕的女吏更被謔稱為「帝母近臣」，據說是可以遞暗折給女帝的。

但是會被錯認為俊俏少年，倒不是她身穿圓領黑官服的緣故——事實上，吏員袍服不分男女都是相同的，皂服（黑衣）黑靴。可稀少的女吏幾乎都是在官衙裡當文書，講究點的還會獨闢一室給女吏辦公，不講究也要屏風隔開，號稱官衙千金，矜持又矜貴。

在外面跑的女吏很少，更不要說還騎馬騎得這麼嫻熟……而且還沒有從人，腰上佩刀，很令人側目。

她就這樣一溜小跑的進了縣城，眾目睽睽的下馬，從容的進了官衙，交了調職文書，報到了。

管人事的吏曹書辦差點把眼珠子掉出來，這位名為唐勤書的姑娘，自己一個人從百里之外的山溝縣單槍匹馬的來赴任，年紀不過十六的她，已經當了兩年的女吏，兩年考核都是優異。

優異是什麼你知道嗎？官吏考核通常是「劣、可、優」，比優還好，頂天就是特優。但是有政績功勞能列舉，才有可能得到比特優還難得的「優異」。

瞧瞧人家的資歷吧。天災賑濟，扛過流匪，殺過山賊、盤過歲算。這可不是胡謅亂吹的，一條條列的明明白白。在號稱「慕容掌櫃」的文昭帝手下，捏造履歷這種事情是通往斬首最快的道路，早就沒人這麼幹了。

書辦下死命的看了幾眼唐勤書，只見她眉清目秀，滿滿的書卷氣，進退從容有度，端得是好風儀。在桃源縣這小地方，也算得上出色的美貌。

怎麼看，都是個溫柔斯文的小娘子。好吧，她是佩了刀。縣城是不興，但是府城滿街都是佩刀劍的公子，有些小姐也喜歡這套，但十個有七個連怎麼出鞘都不知道……純裝飾。

但是這位唐官娘手上起碼有三條人命。

「……唐勤書？」

「下官在。」她很恭謹的揖禮，眉眼依舊淡然。

「小娘子不要偷妳哥的履歷來。」書辦拉長了臉，「不像話。」

她頓了一下，一臉無奈的抬起頭。明明有履歷告身，文件吏印齊全……好吧，還有畫像。只是通常這些都不會標明性別……儘管她有御賜的百花袋表示她是女吏，但人家拒絕承認。

的確是有點嚇人的履歷……但是彭縣令堅持要俱全，說這樣將來才有好前程。只能說長官厚愛不是每個人都能有福氣享用的。

就在吏曹書辦堅持要俱函桃源縣問實的時候，一個詫異的聲音從身後傳來，「唐家表妹？嬌嬌？」

在離家鄉千里之外聽到自己的乳名，那真是一把火燒上了兩腮，連耳朵都燙了。

嬌嬌什麼的最討厭。

認出她來的顏主簿謹容，被唐勤書冰冷的一瞥嚇了一大跳，那真是殺氣沖天宛如實質，腿肚子立馬抽筋了。

一定是認錯了。

唐顏通家之好，他堂姊還嫁去唐家，是唐嬌嬌的大嫂。唐嬌嬌嘛，他認識。小他兩歲，是個乖乖靜靜的小女孩。雖說出身將門的閨秀通常都要練些花拳繡腿，號稱弓馬嫻熟……好吧，號稱是怎麼回事，大家都知道。

小時候他還跟唐家的姊妹打過架，唐嬌嬌是在旁邊細聲細氣勸架的那個，再斯文也沒有。

不可能不可能，嬌嬌兒怎麼可能這樣可怕……難道是她堂姊妹？說起來唐元娘洞房花燭夜就把新郎打得滿園子亂跑……唐家嫡長女嘛，將門威風一定要的。

「……顏家表哥？」唐勤書瞬間愕然，「你怎麼會在這兒？」

顏主簿覺得天地間所有的色彩都被抽乾了，立馬變黑白。

世界上再也沒有比看到純真斯文的可愛表妹，幾年間變成母夜叉還悲哀的事情了。

她居然……還佩刀。刀鞘陳舊，刀柄摩挲的錚亮，常用物品。

難道這是唐家女兒不可避免的、非剽悍不可的宿命?太悲哀了。

好半天他才澀聲道，「我在這當主簿。嬌嬌妳……」

原本他還抱著稀薄的希望，沒想到唐家表妹一秒變修羅，殺氣撲面而來，「下官唐勤書。」

顏主簿真的想哭了。「……是。我知道妳學名。」

最後顏主簿作保，唐勤書得以順利的就任分配住處，總算不用繼續磨牙。她也挺客氣斯文的謝過這個拐彎兒親戚的表哥，之後周到的送了節禮，禮數完全無可挑剔。

但是秀色過人的顏謹容主簿，卻感嘆的大醉一場。

女孩子可愛的時光真是太短暫，成為可怕大娘的歲月實在太長。

雖然顏唐為通家之好，但是報到後唐勤書將親戚禮數作全，卻再也沒有任何來往。

什麼是通家之好呢?不只是兩家有親，交情還得非常好，小男孩和小女孩都能肆無忌憚的玩在一起……在講究七歲不同席的世家大族裡，這可不是隨便有的。

顏謹容他爹跟唐勤書爹的交情就是好到這麼蜜裡調油，唐爹自許儒將，顏爹本是文人卻號稱武藝高超、胸有千軍萬馬，事實上就是兩個不靠譜的二百五一起胡鬧，少小的情誼一輩子，兩家越發親近，要不她大哥也不會娶了顏家堂姊——標準青梅竹馬的情分。

有了這層親，當然兩家走得更近，唐勤書路還沒走穩，就認識常來玩的顏謹容。

照理來說，像這樣的通家之好，再青梅竹馬一下也是可能的吧？剛開始是因為兩個年紀小，唐勤書又太安靜，在姊妹中並不出挑。後來大夥兒長大了，隱隱約約的傳出顏謹容似乎有些毛病……就這樣無聲無息的算了。

至於這毛病吧，唐勤書都不知道算不算毛病了。她這個拐彎兒的表哥，小時候愛跟小女孩玩，長大了還是愛跟小女孩玩。這個小女孩的標準，還是七歲以下、嬌嬌糯糯的小姑娘。

就真的是玩，也不是外面傳的那些瞎話。他就是喜歡抱抱小姑娘，陪小姑娘翻花繩，踢毽子。幫小姑娘梳頭髮，喜孜孜的捧漂亮珠花衣飾打扮小姑娘。

然後對於七歲以上的小姑娘，他還真的是非常以禮相待……分外冷漠。

這不，就被人亂傳得厲害。喜歡十幾歲的小姑娘叫做風流佳話，喜歡六、七歲的小姑娘就叫做猥褻，名聲非常不好聽。

雖然知道實情如何，也不是不同情，只是她也明白顏家為這個不著調的表哥操碎心，她沒事上湊著找事不知道避嫌？

不要鬧了。

但是吧，她初調到桃源縣，就因為有個當主簿的表哥，哪怕是九品芝麻官，也算是某種意義上的「上頭有人」。

她又不是剛入官場的小丫頭，很明白「有關係就沒關係，沒關係就有關係」的道理。要不她突然空降到桃源縣，不知道要被排擠多久才能融入。現在同僚能和氣相處，上司不找麻煩，甚至很優容的分給她一個後衙的小院子……待遇簡直太好。

這一切都拜有個主簿表哥所賜。

而且據說這個主簿表哥還很精明強幹，縣令大人非常倚重，連縣丞都被他壓一頭……這麼好的靠山，真值得三節四禮的恭敬相待。

初入縣衙，她倒是沒給靠山丟臉面。

雖然說這位唐官娘和縣衙早先有的兩個女吏大不相同——人家只做文書，喝茶都要拂半天的袖子——她吧，風風火火的，辦事那個俐落。原本以為可以當個小子用，誰知道簡直可以大用。

六曹事，件件拿得起放得下，沒有一件不精通，而且不拒出勤，說走就走。這可比一堆天天嘴上掛著「有辱斯文」的大老爺們還讓人喜歡。

更讓人激賞的是，有回她出勤和捕快們勘查一件竊盜案，誰知道捕頭火眼金睛的揪出在人群中看動靜的賊夥。結果她這個記筆錄的官娘，在賊首差點逃逸時，飛出手裡帶鞘的刀，直接打趴，然後飛奔翻身上馬，狂馳著把幾個逃跑的一一掀翻，立下大功。

人家還謙虛，在文書裡大大的誇獎了捕頭捕快，自己的功勞嘛，只一筆帶過。

文來得，武來得，人還做得特別好。哪個上司同僚不喜歡？後來山溝縣那兒來人聊了聊，才知道這官娘在那兒可是鼎鼎大名，她之前的上司彭知縣能高昇，真有她一份助力。

山溝縣那是什麼地方？下下等的小縣，真正在山縫子裡，窮得整個縣城只有兩條街，唯一有馬的只有縣老爺和唐官娘。那種窮得掉渣的鬼地方，除了縣老爺，縣丞主簿都從缺，沒人要來。官都缺成這樣，何況是吏，一整個慘澹。

縣老爺只得拿起掃帚拋畚箕，忙得團團轉。唐官娘會六曹庶務都嫻熟，也是被逼的——縣老爺只認識幾個大字的門房都用上了，她是全衙正正經經考出來的、學問最好的吏官。

山縫子裡的窮縣，年紀甚小的女吏，也是騎馬去幫著看春耕秋收，最後秋收的時候被山洪澇災給堵在山村裡了。聽說山坡都移體了，大災啊！這麼個小官娘愣是安撫百姓，驅逐流民，還拿出自己的體己幫助坍塌的山道重闢出來。

就是處置得當，原本以為會被摘掉官帽的彭縣令反而被褒獎升官了。老上司待她也好，想方設法把她調出那個山縫子——小女孩家憋在那窮山惡水的山縫子不是個頭，說親都不好說親。

桃源縣這邊的人，倒是好奇上了。你說這唐官娘到底是怎樣的一個家世？有顏主簿那樣的表哥，家世總不會差的吧？為啥會去那麼個窮縣，簡直像是被流放似的。若是不去也是可以的吧？大家都知道，女吏就是女皇帝的擺設，很多女孩子都考上當個身分做嫁妝，分太慘的地方是可以用種種理由不赴任的。

長相沒得挑，學識沒得挑。你說她粗魯才會嫁不出去吧，人家禮數非常周全，言語和順。也見過她換上女裝赴宴，那就是人家說的窈窕淑女，聽說琴棋書畫都拿得出手。

說真話，桃源縣雖比山溝縣好，那也好得很有限。唐官娘這樣的姑娘家，在桃源縣城都像是格格不入的金鳳凰。

小小縣城沒什麼娛樂，人人愛好八卦。這唐官娘很是讓縣裡人嘴裡熱鬧了好久。顏主簿嘴嚴，結果大夥兒私下腦補，幾乎腦補出世家豪門恩怨錄。這唐官娘不是庶女，就是前頭子，真是感人熱淚傷心欲絕，不是被嫡母就是後母逼得活不下去，要不然怎麼會甘願去那山縫子掙出身。

唐勤書聽了流言暗暗好笑。

她娘親是最柔弱三從四德的人，哪來的嫡母和後母……她就是個嫡女。說起來只是一時不忿，倔性發作。真正跟她當面鑼當面鼓鬧起來的，是她老爹。

說來說去，不過是婚姻。

她十二歲祖父重病，結果姜家來求娶，硬在祖父過世前換了庚帖。返鄉守孝，原本想著十五歲孝滿就成親。

守祖父孝她只需守一年，鄉居無事，她跟著族姊妹湊熱鬧考女吏，僥倖考上了。

結果京城來信，提及了姜家公子的庶長子滿周歲，宴席三日。

是的，姜家公子就是她的未婚夫。算算日子，大概是姜家公子侍妾有孕，就急忙忙的跟她定親。

這是騙婚。

認定她隨父母返鄉守孝，等到知道時已經鞭長莫及。這樣的人家怎麼可能有規矩，將來的日子怎麼過？

她想退婚，可是父母雖然生氣卻不允。抗爭無效後，她起了倔性，死活都要去當女吏……最後就被父親掃地出門了。

連衣服都沒讓她拿一件，侍女也沒給她一個。最後是大她十歲的哥哥追上她，給了她馬匹銀兩，隨手摘下腰間的刀給她。

「出去看看也好。」大哥嘆氣，「女孩家也是得多見識見識。等到地方了，哥哥再送幾個人給妳……」

「不用了。」依舊年輕氣盛的她傲然拒絕，「爹會把氣撒在哥哥頭上。不就認定吃不起苦會回家求饒嗎？我寧可苦兩年，也不想苦一輩子。」

苦不苦呢？其實真的是苦，也曾經偷哭後悔過。本來錦衣玉食遍體綾羅，突然從雲端跌落泥塘，見識人世間最庶民的飢寒交迫。

可見過最壞的，就會覺得現在的日子像是泡在蜜罐子裡，每天都挺甜。我可是女吏，官娘。不是閒閒坐在深閨傷春悲秋，而是真能做點事情的人。

其實還挺滿足的。

她的小院有點殘破，跟隔鄰的圍牆塌了一截，只能遮到胸口。但是鄉情純樸，隔壁不知道是哪個同僚，其實也沒什麼。在山溝縣的時候，後衙勉強可住的屋子少，一人一間，隔壁住的是一家四口……都不算什麼了。

這小院雖然偶爾淹水，但是有口乾淨的井，能夠種點菜蔬，真的是很受照顧了。

她愉悅的巡邏完兩行蔥韭，準備把廚房水缸的水提滿時……隔牆院子的屋子冒煙了。

雖然她不會飛簷走壁，還是能撐著矮牆跳過去。

火光隱隱，煙霧瀰漫。

唐勤書心裡一凜，飛快的衝入灶房。瞧不清裡頭咳嗽的是哪個，只是一把抓住胳臂，趕緊推出去。

其實冷靜點就會發現，煙大火小，只是灶膛的柴塞得滿滿的。這樣要不就起不了火，一但點燃火勢必然不小，這可不，火舌舔得鍋都紅了，裡頭的水粥半焦半生，在多擱一會兒，妥妥的點燃灶房。

趕緊的將過多的柴拖出灶膛，猛然將灶門一關，並且將旁邊的木製鍋蓋蓋在鍋上。檐下的盛水缸還有些水，小心的潑在灶上，總算是避過一場火災。

緊繃的一口氣終於鬆了下來，真是電光石火間。她皺著眉走出來，看著還在咳嗽的鄰居……臉上紅一道黑一道跟花貓似的鄰居，居然是被盛讚為芙蓉秀面的顏家表哥。

顏表哥住在她隔壁？

她仔細想了想。

也是。縣城後衙不小，但是得隔開成小院供官吏居住。知縣索性外面置產搬出去，省得跟人雜居。而這些小院為了彼此不干擾，門都錯開很遠。雖然知道主簿表哥的門往哪開，但是跟誰相鄰那可就不曉得了。

最近的距離就是爬牆。

誰會知道這個啊。

「……顏家表哥……」在有點尷尬的沉默後，唐勤書開口。

回答她的就是一連串有氣無力的咳嗽。

原來不是嗆煙是傷風。

最後她勉為其難的充當了一回丫頭，打水給顏謹容淨面洗手。看看那個遭難的灶房，又想到顏謹容亂得無處下腳的內室，心裡不是憋悶而已。

這時候已經有人亂騰騰的來幫忙救火了，她倒是掏出十個大錢拜託衙役照料一下快咳暈的顏謹容，從門口出去還繞了好一段路才回到自己的小院。

折騰到這時候，天都擦黑了。原本準備做幾道菜也懶了，她淘了米，專心一致的剝了個皮蛋細切，待粥滾米花將皮蛋丁下了，小心控制著柴火，用勺仔細攪拌，在最適當的時候下了豬油渣，兩個蛋，一沸後放小白菜，再沸就關灶門熄火。

完美的皮蛋粥，香氣四溢。

真是太奢侈了。她默默的想。一缽粥用了三個蛋，豬油渣還是特別用蘑菇煉過的。終究她還是保留著世家舊姓的壞習性，奢侈成風啊。

才剛將粥盛在缽中，準備拿到院子的石桌時，她聽到敲碗的聲音。

不能的吧？幾時叫化子乞食到後衙？怎麼進來的？

在微明的暮色中，京城四少之一的芙蓉公子，趴在矮牆頭，微紅的臉露出一絲微赧的笑……然後舉起一個湯碗。

「嬌嬌，救命啊……」眼角含著半滴淚，「我要餓死了……」

她的額角暴了青筋。「下官唐勤書！」

儘管發怒，最終那缽皮蛋粥她還是只吃到一碗，其他的都被顏謹容吃了個底朝天。為了吃這頓飯，傷風得軟綿綿的顏主簿硬是爬牆過來。

為什麼？她都出錢拜託衙役照顧，好歹都會送個飯吧？

結果是顏大公子嬌弱的腸胃受不了雜麵饅頭和小米粥……呼天搶地的吞不下去，嫌難吃。

她木著臉看挑剔糟蹋糧食的顏主簿。仔細瞧才發現真的瘦了好幾圈……比她還不能接受現實。

嫌什麼嫌？她很憤慨的想。有雜麵饅頭和小米粥吃要謝天謝地了，好歹是正經糧食。知不知道青黃不接時，百姓家的糧食裡都是混糠的，有時候連糠都沒得吃。油腥？別鬧了，年節看能不能撈到一兩片肉。

能吃飽已經是老天爺恩賜，這個公子哥居然還嫌棄。

只是，他鄉遇故知是人生三大喜之一。這個憔悴瘦弱不少的顏主簿還是姻親表哥，也在第一時間給她撐腰當靠山。

受人點滴之恩，總得湧泉以報。

——只是她沒想到報起來沒完沒了。

雖然有些難聽的名聲，好歹靠那張漂亮的臉皮，顏謹容混到京城四少之一的芙蓉公子……你能想像芙蓉公子趴在牆頭敲碗喊餓嗎？

之前只能說，親戚生病了，給口吃的也就罷了。問題是傷風都好了，為什麼還天天爬牆啊？

她發過一回脾氣，結果顏主簿謙卑的將米袋提過來，口袋有錢的時候出門割肉提魚……只求她發慈悲做頓飯。

每到晚飯點，咱們的芙蓉公子捧著湯碗，說有多可憐就有多可憐的趴在牆頭，總是讓唐勤書拳頭發癢。

她明明是君子，不遵從暴力的。

顏謹容覺得住在隔壁的不是表妹，而是表弟。不但是表弟，還是廚藝登峰造極的表弟。

看吧，比男人能幹好幾倍，當起官來比他還滑溜面面周到，絕對是表弟。

嬌嬌表妹想起來像是上輩子的事了。

表弟好啊，好相處。撒起賴來多方便啊，他最會對付表弟了。

說起來，我也不容易啊，想多了都是一把辛酸血淚。敲著碗的顏謹容傷心的想。

老爹一定是瘋了，才會逼他去當榮華郡主的儀賓※。那些貴女是可怕大娘的威力加強版啊！那不是娶，而是尚。是他尚郡主，然後郡主還會納一堆郎君……

哇靠！他需要這樣悲慘嗎？難道他是窩囊廢嗎？除了臉皮他還很有內涵好嗎?!

嚇得他連進士都不考了，直接以舉子身分入仕了。明明是暗度陳倉，誰知道會被他老爹發現，本來可以在豐腴之地當個逍遙縣丞或教諭，結果一竿子被叉到天邊海角的窮鄉僻壤當個九品芝麻官的主簿。

為了表示骨氣，他毅然決然的赴任了，事實上，他也證明了自己真的很有能耐，什麼都難不倒……才怪。

主簿的薪俸真他娘的少啊！

為了維持芙蓉公子的尊嚴，衣飾上絕對不能寒酸，請人漿洗不可免……這是要錢的。門面撐完，他連雇個婆子的錢都出不起，因為雇人就連吃飯的錢都沒了。

而這縣城的廚藝……通通不過關！天知道他吃了什麼樣的苦，餓極了只能勉強吃幾口白饅頭……怪味道最少的食物。

※儀賓：宗室親王之女為郡主、郡王之女為縣主，其夫婿皆統稱為儀賓。

在他覺得自己絕對會餓死的時候，廚藝精湛的表弟住在他家隔壁。這一定是上天派來拯救他這個才子的。他就知道上天不會放棄他。

其實他也不知道表弟……勤書為什麼能把菜做得這麼好吃。

好吧，現在他連喊嬌嬌都覺得很怪異。勤書好，聽起來就是個表弟的名字。

總之，會出現在餐桌上的菜色，幾乎都是很尋常的菜蔬。很少有肉，葷菜最多的就是雞蛋和豆腐。

最難以想像的是，連韭菜、蔥、蒜之類的，都能一本正經的單獨成菜。天知道他最恨吃這些辛調，在京的時候都會很不高興的挑出來。那時候若有人說他會就著一盤燙韭菜連吃三碗飯，他絕對會嗤之以鼻。

紅燒蔥，聽過嗎？絕對沒有。他也絕對沒想到能夠這麼入味令人難忘，蔥白肥嫩辛香，蔥青微韌卻回味無窮……真不可思議。

後來他才發現，這些辛菜幾乎都是勤書親手種的，數量很少，完全是用種花的耐性細心培育，久久才能成盤。

再後來，終於了解，看起來很庶民的菜蔬瓜果，其實勤書是非常挑剔的。要不就是親手培育，要不就是直接去人家菜圃現摘現買，都是頂尖的枝頭鮮，從不吃過夜摘的。

而且非常講究，他還親眼看過她端詳竹筍半天，然後生啃了一口，點點頭，之後就能琢磨出該怎麼烹煮，真正是天才。

像現在吧，月底他窮精了，實在買不起好魚，只能買幾條巴掌大的雜魚。勤書只是繃著臉，告訴他晚上再來吧，中午滾回去官衙吃大鍋飯。

誰能了解官衙的飯有多難吃，他甚至在一盤炒肉裡頭吃到一根豬毛，差點就吐了……只是他不敢吐，勤書正冷冰冰的盯著他呢，糟踐糧食就別想去蹭飯了。

其實他也好奇，這麼講究食材的表弟到底能玩出什麼花樣，早上送去的魚，晚上才能吃？

結果，還真沒什麼奇巧。就是拿魚燉豆腐。奶白的湯，白花花的豆腐，飄著幾片老薑。人說色香味俱全，香是夠香，這個色真的不夠格。

嘀咕著喝了口湯……立刻就愣住了。應該很腥的雜魚，怎麼能夠這麼淳厚鮮美……魚刺呢？魚骨呢？對了，魚肉呢？燉化了嗎？

調羹舀起豆腐，才發現，真正的精華在這兒。外表看還是完完整整的豆腐，事實上已經滿滿的燉開孔，飽飽的吸滿魚湯。

滿頭大汗，舌尖滾燙，卻不能停下，滿身毛孔都張開，說不出的痛快淋漓。

怎麼能夠這麼好，怎麼能夠化平凡為神奇。

「勤書還是別成親吧。」他感嘆。這個像表弟的表妹萬一嫁人，他就不好意思上門蹭飯了，多可惜。

唐勤書嚥下口裡的豆腐，冷冰冰的說，「滾出去。」

其實她很看不慣顏謹容，嬌氣得要命，挑吃撿食的。想活得那麼精貴就滾回京裡抱他爹大腿哭算了，芙蓉公子愛怎麼挑剔就能怎麼挑剔。

為官哪，嚴肅點。出來自立就要有覺悟，以為自己還是世家公子哪？還能衣來伸手飯來張口？

好幾次想把他打出去，就是太死皮賴臉了。

但每次怒火中燒想揍人的時候，看著他那張芙蓉秀面，恍惚就會想起她剛去山溝縣的時候。

更嬌氣，更無理取鬧，雇了兩個婆子，還天天尋人不痛快。更挑剔衣食，更討人厭。

屋子老舊，老有些蟲蟻爬過，一隻壁虎都能嚇得她尖叫。

若不是賭氣去巡秋收，被山洪爆發山坡移體堵在山上，或許她早就熬不過回家了。

那雨，像是天破了，不斷的傾瀉了一個月。半個山垮下來，埋掉了十來戶，無數良田和山道，叫天天不應叫地地不靈。還是運氣好，她所在的山村地勢高，好些地勢低的村子都成汪洋。

秋收全泡湯了，僅靠餘糧撐著。附近倖存的流民翻山越嶺的跑來，村民好心救濟了幾天，卻反過來被打劫，差點就同歸於盡。

那時她在里正的家裡，跟著里正家的兒孫一起站出來。因為她還有些花拳繡腿，她拿著全村最鋒利的刀。她不得不揮出刀殺人，因為若是軟弱，她會死，屋子裡的婦孺也會死。

原來生命如此不易，天道如此殘酷。

活著，如此艱難。

當時最幸福的事情就是有一口吃食。能夠有吃的就表示還有力氣，還能活下去。與天爭命就靠這個。在最艱辛的時候連野菜糰子都不容易，那個冬天好多人熬不過，爭不過天。

那個嬌氣的、抱怨的世家少女就這樣永遠的留在山上，活下來的是名為唐勤書的女吏。

她知道盤中飧是用血汗澆灌的。她明白活著是多艱難的事。幹活不是丟人的事情。只有活著的人才會幹活。以前那個十指不沾陽春水的唐嬌嬌，好像是很遙遠很遙遠，如在夢中的事情。

她長長的吐出一口濁氣，清冷的看著埋首吃飯的顏謹容，對他的忍耐力稍微提升了點。

有些經歷，說也沒有用。老早老早就在詩書裡讀煩了，必須要親身體驗，才能真正明白，艱難。

「聽說大人要秋巡。」她露出一個莫測高深的笑容，「顏主簿也跟去看看吧。」

「……有必要嗎？」顏謹容驚訝了。

「深入民事，很有必要。」唐勤書非常誠懇的說，「相信我。」

畢竟勤書表弟……表妹已經幹了兩年女吏，官場的經驗比他多。他也不想一直屈居在這鄉下地方當個小主簿。

後來顏謹容發現，相信這個黑心表弟真是人生最令人後悔的事情。

果然如她所料，苦於秋巡的縣令大人樂歪了，劃下好大一片地方給「識趣」的顏主簿帶人前往，有人分攤，總是能早點完事。

或許在鳳帝時，秋巡不過是做個樣子，還能撈些油水，地主官吏相互「幫襯」。但從翼帝開始，就已經緊緊皮子小心謹慎了。到文昭帝……別鬧了。

大燕商號的慕容掌櫃，底下的人敢不好好幹，能夠頂上去的人多得很。幹得不夠好都是罪了，何況不盡心還往兜裡摟錢？

你想去南洋呢，還是想去西域安家立戶？流放地點很多，文昭帝向來慈悲的讓人選擇落點。

文昭帝是個要錢不要命的，她自己都這樣喊。至於臉面，那是什麼？不當吃不當穿，更不能豐盈國庫。這個第三代女帝早就放下話來，自己都早早的將謚號上了，死生不畏，找她叫板，不如低頭多辦點事。

她還真有本錢這麼幹。三代經營早就把吏政掌握在手裡，原本可以風聞奏事的御史台規模擴大好幾倍，卻需要證據才能彈劾……蒐證人員？有的，暗衛和雀兒衛都入編制內了，吩咐就是了。

但是慢著，御史們不要高興太早，聽吩咐但是別想支使，那還是皇帝的直屬部隊。御史大人們也別想蹲在京裡過好日子，一年有半年在外微服出巡，沒做出點成績等著踢出御史台。

最可惡的就是，文昭帝拜相幾乎都拜自御史台。

常被士大夫痛心疾首大罵「跋扈」的文昭帝，自然不會有太舒服的朝野氣氛。意圖恢復男子為帝古制的謀反此起彼落。可惜的是，在事事落檔，控制力和情報力太突出的皇帝手裡，謀反都不值得一辦了。

照慣例，謀反要誅九族。但慕容掌櫃哪裡肯自毀資源。

她很「慈悲」的沒砍過任何一個腦袋，只是牽連的一起流放到文明不夠昌盛的地方。民壯呢，墾墾荒吧，閒的時候修路築城。婦人呢，裁製軍衣紡紗織布吧。能夠謀劃造反，差不多是識字懂算的世家，邊遠疆土正需要你們開化文明。乖，開幾個私塾啟蒙吧。

幹得好就開恩給你們後代子孫還有科舉的機會，幹得不好就一輩子在瘴癘之地天邊海角逐漸淪落成野人庶民。

想逃？行呀。像這樣流放的叫做「監察居住」，每年都會有官吏去清查人口。說死了就死了吧，沒關係。但是沒有戶口的「死人」萬一被逮到，一輩子都是官奴了，唯一的工作就是築路，沒有自由，打死不論。

問題就是文昭帝治下，戶籍控管極嚴格，沒有戶籍的黑戶連打零工都難。有戶籍，萬事皆好。窮到要乞討了，官府管你一口飯吃，壯年人修渠築路，老弱掃大街打雜，總有活路。沒戶籍，不好意思，天下沒有沒戶籍這回事，養那麼多胥吏建那麼多檔案，總不會漏了你。交代不出來路，只好請你吃官糧——沒入官奴，需要修的官道可多。

文昭帝有底氣這麼幹，就建立在三代累積起來的地方掌控力。而這樣的掌控力，就建立在最基層的縣都得如臨大敵的秋巡。

真的是每個村都得去瞧瞧，聽聽里正的會報，抽查一下戶口，預估一下稅收，入庫之後差距還不能太大，諸如此類等等……這簡直就是脫層皮的工作。

這些，唐勤書都很清楚。廢話，她就是因為秋巡時遭逢山洪爆發，被堵在山上半年。不過，桃源縣平地多山地少，顏主簿大約不會那麼慘。

但她也不閒。縣令和主簿帶走了將近半衙的胥吏書辦，留守的人就更加忙碌。能外派的人幾乎都派光了，嫻熟騎術的她往往要跑外勤，回來還有書辦的事要處理，忙得自己叫什麼都快不記得，何況那個被她誆出去的顏家表哥。

所以等顏謹容回來時，唐勤書好一會兒才認出他來……晒了一個秋收，白芙蓉成了黑蓮花。

四目相接，沉默無語。好一會兒唐勤書才噗嗤笑了一聲。

恨恨瞪著她的顏謹容甩袖走人。

他這次秋收真是吃了以往都想不到的苦，心靈上受到很大的震盪……但這些都沒有曬成黑炭、全身覆滿塵土和餿味更刺激他。

我的扇手如玉！我的風神秀逸！全毀了全毀了！一定是唐勤書嫉妒他的如花美貌才陰險得提出這樣可怕的詭計！

看著鏡裡黑炭似的自己，顏謹容欲哭無淚，把唐勤書恨個賊死，發誓要跟她割席絕交。

哼哼，他也是吃過苦的人了！現在可以喝高粱粥面不改色，摻糠的窩窩頭也能嚥下去了！別想用美食就能誘使他和好……才不希罕！

顏謹容泡在木桶裡忿忿的想。

可惜芙蓉公子會燒水給自己洗澡，已經是太能幹。但是要他把熱水提到淨房去……真的太為難。為了方便，他把灶房關嚴實了，在裡頭洗澡。而這裡，離唐勤書的灶房，只有一牆之隔。

向來吃得清淡的唐勤書，正在做蒜燒魚。

這蒜燒魚，其實是家常菜，做法也很簡單。蒜是青蒜，講究蒜白與蒜青同長。先煎魚，使皮微焦而皮肉不相離，點醬後與蒜白同燒不使沾鍋，蒜白熟後，注水與蒜青同，灶小火蓋鍋悶燒。

聽起來簡單，但是火候控制可不簡單。這道菜的魚不宜小，煎魚時不能不熟也不能太透，考驗火工。醬又是一個講究，是唐勤書學來又改良的，濃鮮馥郁，才能將魚浸染出鮮色亮味又不奪本色。

青蒜更是畫龍點睛，將魚腥轉化成濃香，即使蓋著鍋蓋，依舊香傳十里。

勾得顏謹容抓心撓肺，恨得在木桶上撓了幾下。

蒜燒魚燒多久，顏謹容就在木桶裡撓多久。最後真的坐不住了，匆匆的起身擦乾穿衣，連頭髮都來不及擦乾，匆匆的撈了碗走。

奔到牆邊，蒜燒魚剛上桌。

什麼掙扎傲嬌，全扔到九霄雲外。看著青白紅交錯的一盆魚，浸著濃濃香香的湯汁，誰還想得起來骨氣二字怎麼寫。

「……表弟。」顏謹容露出討好的笑，訕訕的。

唐勤書真想哈哈大笑。其實吧，還是她小氣了。從一呼百諾的世家子落到下等窮縣的小官吏，並不是那麼容易轉換的。她若不是歷經大變，也不可能踏實下來。

故意捉弄吧，也有。其實想深些，對所有異性都保持警惕和些微厭惡……也有。

其實是遷怒，並不是他真有什麼錯。

這一句「表弟」，能夠界定大家的相處，她也樂於有這麼一個表哥。

她笑咪咪的拱一拱手，「為顏家表哥接風，可賞光否？」

這梯子遞得好，遞得顏謹容非常開心的爬過牆，喜孜孜的接過一碗米飯，看著蒜燒魚流口水。

這道菜就該將夾著蒜白蒜青的湯汁澆在白米飯上，一爬筷就順著咽喉稀哩呼嚕吞到肚子裡，又燙又鮮，蒜白肥，蒜青辛，滿額滴汗痛快淋漓。

魚肚嫩，魚背口感卻更分明，美得讓人覺得死而無憾。唐勤書還特別挑出魚頭內小小一塊的鰓內肉給他……顏謹容想，龍肉不過如此。

這頓真是吃得心懷大暢，秋收幾乎沒吃到什麼油水的腸胃受到了美食的撫慰，終於安穩了。要不是唐勤書怕他暴飲暴食吃傷了，他真想再來一大碗公湯汁泡飯。

顏謹容決定原諒表弟。

畢竟她年紀小……而且廚藝又那麼好。

後來顏謹容才知道唐勤書初時的冷漠是為什麼。

唐勤書手上有三條人命，抵禦流民那會兒是不計的。只能說，一個女孩子孤身在外，還常常跑外勤，並不是容易的事。連官吏孤身都可能遇到盜賊打劫，失財傷身，一個女吏，就不只這樣而已，可能還得搭上清白。

雖然說，襲吏如襲官，都是衝撞朝廷命官，但是不要命的人還是不少。

當然，履歷上只是蒼白的幾筆敘述，但是背後的驚嚇艱險……

京城四少之一的顏謹容，頗起同病相憐之感。

人長得太好，就是一種原罪。像他這種俱希世之俊美的濁世佳公子，最能明白這種痛苦了。巧取強奪，他都遇過，還不分男女。要不他一個儒雅君子怎麼會一直沒放下武藝，讓漂亮的手長滿了繭子，破壞他的完美。

勤書在京城那種佳人如雲的地方可能不起眼，但是在這窮鄉僻壤可是獨一份——四鄉八里所謂的美人已經非常傷害他的眼睛了，大約五官能分明就會被說是俏娘子……

那端秀的唐勤書豈不是俏翻天？難怪會被垂涎到不得已殺傷人命……可憐的小表弟。

「我懂得。」顏謹容嚴肅的說，「天生麗質難自棄。妳要以自己的盛容為傲啊！那些膽敢起邪念的豬狗之輩，殺了也就殺了，完全不是妳的錯。」

唐勤書發現，顏家表哥的腦筋是缺弦的。果然，什麼京城四少，什麼聰慧幾無人及，什麼多智近妖，通通是傳說。

傳說這檔事，本來就是誇大不實的。

你瞧，最重要的缺弦和自戀，就沒傳說過一星半點。

「我容貌不盛。」她很誠實的說。

「雖然跟我相比太為難……在鄉下地方就是頭一份了，缺乏對手嘛。」他嘆完氣，好奇的問，「會不會覺得高手寂寞如雪？」

唐勤書沉默，將已經放涼的薏仁紅豆湯往他面前推了推，終於堵上了他的嘴。

顏家表哥還是很好打發的。

當天晚上她要入睡時，突然想起，第一回被襲擊時的情形。

其實還算是個熟人，某個村的里正之子。那時水渠要修繕，來來去去要記錄丈量，常看到他在田裡勞作，看起來很憨厚的一個漢子。

她也算是深刻的明白了，什麼叫做人不可貌相。

突然被撲入蘆葦中，被恐懼支配了四肢，根本就使不出力氣，大腦空白一片，心跳如鼓，完全被害怕這種情緒占據了。間歇只想著：完了完了，被畜生碰觸過，再也沒有清白。

當下的感覺就是已經墜入泥淖中再也不得潔淨。

其實也不過被摸了幾把，根本不算什麼。有很多看起來好似撐不過去的事情，其實只要撐住最緊要的那個當下，就能撐過去了。

雖然那時候只是巧合，那個畜生不知道她的刀有暗扣，拔不出刀刃，而她知曉。憤怒有時候也是很好的情緒，起碼可以全面壓制恐懼。

我不想活了，你也不要活。然後她發現，男人的力氣可能很大，但女人的力氣也不是完全不能抵禦。比起長年不見葷腥的鄉野漢子，她吃好穿好，調養得非常健康，身上還有世家將門傳下來的武藝。

而且，她手上有一把吹毛斷髮的刀。

狹路相逢勇者勝，所以，她勝了。而那個畜生，永遠把命交代在那個河灘了。

後來怎麼了？喔，對。她將那個畜生拖在馬後，一路跑到里正的家門口，砍斷繩子，讓血肉模糊的屍體留在那兒。其實那時候她什麼都沒聽到，只是專注的看著和這畜生很相似的里正，有股衝動把眼前的人都殺了，讓他們都安靜下來。

後來不知道為什麼，一片死寂。她冷冷的開口，要里正等著縣衙的傳喚。

襲官不是小事。

第一回比較害怕吧，第二次真的就是手起刀落。至於第三個，其實整縣傳遍她煞星的名頭，再沒人敢打她的主意……這一個真的就是挾持人質拒捕的逃犯，少見大案的捕頭、捕快遲疑，所以她手刃了那個逃犯。

沒錯。殺了也就殺了。既然不想當人，想當豬狗不如的東西，那就得接受死亡這個結果。

她承認再也不復天真，對任何人都抱著深重的戒心。一個女吏獨自在外生活，的確有萬種不易。

但是比起來，不會比深宅大院更不易。

最少看出去的不僅僅是，牢籠似的四方天空。

她已經在外養野了，再也關不回去。

從來不承認自己腦筋缺弦的顏謹容，發現自從秋巡之後，唐家表弟對他和善許多，甚至多有照顧。

比方說，多添了兩百錢給原本幫她收拾內外、漿洗衣裳的黃嬸子，順便收拾顏謹容的院子，最少能維持一定程度的生活品質。

偶爾他苦心添置的行頭離了縫、掉了個穗子，唐勤書會無奈的看他一眼，然後低頭幫他縫補、打個絡子穗子，心情到位還會勸他別亂花錢。

爬牆過來吃晚飯，唐勤書也不再拉著臉，也能聊聊天。喝個茶，下下棋，讓精神上異常苦悶的顏主簿心情好很多，不再那麼鬱鬱寡歡。

就是。顏謹容得意的想。爺這樣才華出眾姿色過人魅力無邊，就是冰山也得化為春水，拿下一個小表弟算什麼。

其實就是他鄉遇故知。這兩個出身相似的少年少女，離家上千里，緣故相異又相似，雖然倔得都不肯承認想家，事實上哪有不想的。

結果中秋時，唐勤書仿京俗做了糖水米團，顏謹容接過那碗有白有紅的米團，眼淚差點滴進碗裡。

唐勤書舉頭望月，一直不敢低下頭，就怕跟顏謹容一樣沒出息的落淚。

中秋過後，宣告農忙告一段落，縣衙也閒適下來，能夠做些收尾的檔案工作了。但是顏謹容卻有些焉焉的，情緒不高，尤其是接到家書之後，就連吃飯都不香。

雖然沒有問，唐勤書大概也能理解。他們倆為何寧願在窮鄉僻壤苦熬，就是京城裡都有要命的親事等著。

現在能在桃源縣死撐，就是文昭帝非常猛的提出不准「為孝背忠，以家害國」，所以官吏在任上不能任意回鄉，父母之命得排在君王之命後頭。爹娘生病這種理由，文昭帝是不接受的。

想回家當孝子當然也可以，自己提出辭呈。不辭官別想可以請一個月以上的假，以家害國以後你都別想為官為吏了。

除非爹娘死了要守孝，文昭帝還時不時要奪情。沒奪情的通常就是文昭帝心目中的庸才，隨便你。

聽起來很不近人情，但是就是靠文昭帝的不近人情，這兩難兄難弟（……難妹）才能將親事拖下去。

畢竟，人都不在，想要將人綁去成親都有難度。更何況都不是白身，更不能隨意處置。父母能做的，不過是切斷經濟來源，和寫信來罵人而已。

可誰不希望討父母喜歡，誰又願意接到抵萬金的家書，滿紙都是不孝的責備。所以吧，唐爹寄來的家書，唐勤書從來不看，直接燒了。除了給自己添堵就沒有其他作用……從來沒有一句關切。當初她被堵在山上生死不明的時候，她哥嚇得立刻就要辭官離京親來找尋，嫂子沒二話，結果是老爹把她哥打得下不來床。

「我爹還是想把我賣給榮華郡主。」終究顏謹容還是告訴了唐勤書，語氣非常傷心。

這種事，真不知道如何安慰。唐勤書張了張嘴，還是沒說出什麼，只是拍了拍顏謹容的肩膀。

事實上，她和顏謹容的口味相差甚遠。她向來吃得素淡，可顏謹容是無肉不歡的主。妥協的結果就是，餐桌上常見魚，各種蒸煮炒炸。豬肉偶爾有，但是雞鴨絕跡。說白了就是她連殺雞都不會，而且非常厭惡吃雞皮。

即使想讓顏謹容心情好些，她還是不覺得自己能妥協。所以最後……她買了兩隻豬腳。

這是在山溝縣學會的一道菜，事實上應該拿來燒豬頭。只是相同的做法被她拿來燉豬腳，那時給她收拾屋子的嬸子沒奶，每天都燉一缽送去，燉足一個月真的是熟得不能再熟，火工登峰造極了。

也是家常菜，花生燉豬腳。其實看到這道菜，很多人都覺得是給產婦下奶用的，其實是誤會。事實上還能滋補體虛，卻秋寒，是非常溫和的食補。她的做法也是用糖與醬合燉，是非常下飯的。

而且用瓦罐和一根粗柴慢燉，柴盡豬腳熟，考驗的是選柴的功力和燒火的功力。早上處理好就能出門了，下晌剛好可以起鍋。

一直都鬱鬱的顏謹容，看到那鉢泛著糖香醬紅，軟Q滑嫩的豬腳，眼睛立刻發亮了。事實上，他根本不吃豬腳這種東西，要吃也吃蹄膀。

但是再一次的，唐勤書再次打破了他的認知。

那筷子戳下去，剁成一圈圈的豬腳，皮骨肉就分離了，那香氣，簡直可以餓死人。吃到嘴裡，皮彈牙，肉滑潤如酥，那湯澆飯，人生不能再好。

以為這就是極致了，誰知道燉得極香的花生吸飽了豬腳和糖醬的精華，拌在飯裡……真的值得為這道菜繼續為人生奮鬥。

吃得滿嘴是油，稍微有點膩了，一碗魚乾野菜湯，一碟蒜蓉涼拌黃瓜，去油解膩，一切圓滿了。

「我從來不看爹娘寫來的家書。」唐勤書說，「反正有什麼重要的事，哥哥和嫂子會寫來。」

……他這個表弟，廚藝很厲害，熟了也很貼心，真該引為知己。

「是。我妹子也會寫來。」顏謹容點點頭，幫著收拾桌子，笨拙的在井邊洗碗。之後怕表弟吃了大葷積食，還很體貼的將他珍藏已久的好茶貢獻出來，在下弦月下泡茶。

這種風花雪月的事情，向來是顏謹容的強項。在淡薄月光下，只見公子纖長的手如玉，紅泥小火爐，粗茶碗內碧綠的茶湯蕩漾。

已經白回來的容顏潤如高山之雪。

難怪榮華郡主念念不忘。唐勤書暗暗感嘆。紅顏是禍水，倒楣的時候，第一個禍害到的就是紅顏。

由此得證，人還是不要長得太出挑。

她對這個顏家表哥真是充滿同情。

唐勤書成功的以一缽花生燉豬腳打破了顏謹容的憂鬱，之後越發親如兄弟（？）了。

人都是可以馴化的。當身邊再也沒有奴僕，劈柴燒火都得靠自己來。再也沒有火龍，再也沒有銀絲炭，輕裘絲袍的追求，顯得很可笑——這些沒辦法穿著幹活。

發現表弟……表妹都自己劈柴，他真的也沒臉繼續堅持那種貴公子的生活了。

秋末初冬時，衙門放了幾天備冬假，一來慰問官吏辛勞，二來也讓官吏有時間備冬。

冬天是一件需要嚴肅對待的大事，微官末吏得自己操辦。雖然說，官吏們的待遇比百姓優渥太多了，不但有薪餉還有配糧，可也不足他們呼奴喚婢的豪奢——沒有家族支援的話。

像是唐勤書這樣年年優異的女吏，每月薪餉就是二兩銀子。

這對百姓來說，很可能緊巴巴的一年就夠用了，但唐勤書畢竟出自世家……之前她一盒胭脂就是二兩。

但她算是適應得不錯，二兩銀子不但足以雇用黃嫂子來打掃和漿洗，吃食也不曾虧待自己。穿著多為吏袍男裝，還有幾件能應付宴會的女裝，甚至還能每個月存下一兩銀子。比起月俸是她的五倍，卻連日子都快過不下去的顏謹容，真是厲害得不得了。

就說冬季柴火吧，她早在報到時就開始買柴，晾晒完全，應付一冬還有餘裕。比早一個月報到的顏謹容好得多……他現在還沒搞清楚狀況呢。

結果備冬假，變成唐勤書爬牆過來幫顏謹容劈柴。積柴來不及了，只能跟人買了兩大車的枯樹，得自己劈成適當的大小。真夠他們倆忙好幾天了。

顏謹容很過意不去。再怎麼喊她表弟吧，也知道她曾經喚做嬌嬌。雖然穿著短打裹著布巾，像是個少年學子，但是她依舊柳眉秀眼，有著象牙白的肌膚，身材纖瘦。往日不注意，現在戴著手套拿斧頭劈柴，還是幫他備冬劈柴，全身都不對勁了。

他的親妹妹，此時應該嬌養在深閨，為了參加海棠宴還是紅葉詩會煩惱，抱怨著怎麼還不下雪。本來該跟妹妹一樣的唐家表妹，卻在辛苦的劈柴。

「……這不是女孩子做的事。」顏謹容有些難過。

現在你發現我不是表弟是表妹？那也太晚了吧？唐勤書默默的想著。

「當然是啊。」她語氣淡淡，「婆子丫頭也是女的，她們還不是要劈柴做活？更不要提縣裡的嫂子嬸子，四鄉八里，哪家小娘子眼底沒有活，那根本嫁不出去好吧？」

再說，連置辦冬衣存糧都讓你破產了，這兩車枯樹還是拗來的，不動手你想冬天凍死？芙蓉公子凍死在桃源縣，這種死法很拙好嗎？

看顏家表哥拿斧頭，她額頭都沁出汗來。她真擔心在把柴劈完之前，他先把自己的腳掌給劈了。寧可讓他搬搬抬抬，學會怎麼把柴垛整齊。至於明年……她發誓要先跟他拗下柴錢，早早的雇人了事。

真沒想到有人的生活技能如此無能的。

秋陽下，面目清朗的少女掄起斧頭，舉重若輕劈開枯樹，木屑伴隨著乾燥的味道四溢。象牙色的肌膚墮下一滴晶瑩的汗水，在日光下閃著璀璨。

碼柴碼到腰痠背痛的顏謹容抬頭，看到的就是這一幕。不知道為什麼，他的心突然狂跳了幾下。

一定是幻覺。累到不行腦袋昏沉產生的幻覺。

「……表哥！不要再碼上去，柴要塌了啊！」唐勤書扔下斧頭撲過來救援。

她再次確認，在公事上精明強幹的顏家表哥，生活這部分非常非常無能。

備冬忙得團團轉，唐勤書沒有心思琢磨吃食。但是一直從事重勞動（對顏謹容而言），又不能吃得太差。

所以她放棄需要一直看火的炊飯，改成木桶蒸飯，而且為了省事，乾脆的做臘肉菜飯。

顏謹容原本有些抗拒，在秋巡也吃過，對他嬌弱的腸胃真是一大折磨。白菜黃米飯爛，臘肉往往有過期的味道，擱在飯上面蒸熟，半桶飯都是這種味，食不下嚥。

其實說唐勤書廚藝好，還不如說她火工好。複雜的菜色一來她討厭面目全非，二來不會做。再者需要醒麵的活，都只能乾瞪眼。所以不要指望她會做麵條、包水餃，饅頭包子更是仰之彌高鑽之彌堅，這輩子不要希望她會。

但她又能把火候和分寸掌握得極好，這才是讓人驚訝的天賦。

所以她白菜是切丁，先擰過一次水，才和少數蝦米與白米混合，注水比尋常煮飯還少，並且挖入一匙豬油和適量食鹽。這樣用木桶蒸飯時才能將白菜的甜釋放出來，又不會因為白菜讓周圍的米飯糜爛，加上蝦米的鮮，豬油的潤，菜飯才能達到完美的效果。

等菜飯初熟，將臘肉混入裡頭攪拌，再次蓋鍋燜飯，大約兩刻鐘後，能讓人一口氣扒一碗公的臘肉菜飯就好了。

顏謹容用他從來沒有想過的粗魯姿態，蹲著用碗公扒臘肉菜飯，思考著人生最艱難的問題。

除了娶表弟……表妹，還有什麼辦法讓她一輩子幫他做飯。

真是個大哉問，大到他在桃源縣當三年主簿都沒有想出來。

且不說此時的顏謹容還不知道這大哉問得自問三年，這一年的初場冬雪已翩然而至。

驛站剛剛送來了一批文書和信，除非有急件，這大約是這年最後一批了。

縣衙裡的官吏大半都不是本縣人，家書往往是離鄉在外的慰藉。書信來往，還是仰賴官驛，這是最快的方式——文昭帝開那麼多官道總不是開樂趣的。

縣令也睜隻眼閉隻眼……看個家書能占用多少時間？做主官的人不可太苛刻。

唐勤書也拿到了自己的家書，彎起了一個真心的笑容。俱名是嫂子，大約是哥哥和嫂子合寫的。小夫妻倆青梅竹馬的情分，成親多年還是蜜裡調油的好，凡事有商有量。

他們成親的時候，唐勤書還喚做嬌嬌，只有六歲。

其實吧，唐勤書回顧過往，對父母並沒有什麼意見。不管怎麼樣，總是把她養大了……雖然真的照顧她的是哥哥和嫂子。

印象裡，母親對她總是露出失望的神情。

沒辦法，她開口晚，記事晚。小的時候，總是顯得不太伶俐，比起大她一歲的庶姐，被甩了好幾條街。

母親也沒什麼錯……只是她的心完全放在父親身上。喜歡他喜歡的，討厭他討厭的。既然父親嬌寵聰明伶俐的庶姐，母親自然也跟著嬌寵……一種帶著討好的嬌寵。

唐勤書並不是覺得母親不對，只是困惑，然後，有點害怕。

母親愛著父親，卻是那麼卑微的低入塵埃。喜歡一個人喜歡到……沒有自己。

這真的好可怕。

幸好照顧她的是哥哥和嫂子。幸好他們倆相處的那麼輕鬆自在，彼此喜歡，但還保有自己。

嫂子是個能幹活潑的人，笑聲很有穿透力，像女兒一樣養大她。兩個侄子唐勤書還帶過，現在在嫂嫂肚子裡的那一個，不知道幾時能見到。

信裡頭也保有她歡快的本色，好幾張紙都沒有重點，絮絮的說著那兩個熊孩子，說她哥混到兵部去了，說著京城大大小小的八卦，說到開心了，才告訴她，姜家不是東西，又生了個庶女，不要臉皮的擺滿月酒。

還放下話來，唐勤書只能嫁到姜家來，不然沒有其他人敢娶。

嫂子很不忿的說，見鬼。姜家死巴著這門親事不肯放，就是因為除了這門親事，姜家再也娶不到一個能見人的閨女。門當戶對的又不是腦子缺弦，把女兒推到這種明晃晃的火坑……那怕是庶女，人家嫡母也怕名聲不好聽。

就算次一等門第的也不敢要，怕人說賣女求榮……畢竟姜家作得太沒臉皮。

幸好哥哥和嫂子站在她這邊。

她收起信想著。姜家的想法她也明白，既然騙婚都敢了，拖下去也無所謂。女孩子家青春有限，姜公子拖得起，還可以不停的生兒女，但唐娘子可拖不起……才怪。

她就敢一直拖下去，這有什麼？女吏晚婚或不婚的在所多有，她不是獨一個。有的女吏位高權重，仿貴女自立門戶納婿，也是有例的。甚至還有結小姐妹如夫妻般共居，聽說在閩地很流行。

所以說真話，她一點都不急。

剛收好信，突然聽到另一頭的官廳一片譁然。

「不好了！顏主簿吐血了！」

唐勤書奔過去的時候，只見案上染血，顏謹容一臉頹色，衰敗如殘花。捏在纖長手指上的，也是一封信，卻是娟秀端麗的簪花小楷。

不是顏家寄來的家書？這字也不像他妹妹寫的。

紛亂中，顏謹容悽楚的抬頭，顫顫的伸手，「……表弟。」

原本非常緊張慌亂的氣氛，立刻被打破了，雖然只有幾個人笑出聲，大部分的人還是忍住了。

這倆親戚也是很有趣。顏主簿常錯口喊唐官娘表弟，但私底下人議論卻笑說顏大人更像是表姊。

事實上也是唐官娘常常照顧著顏大人，被人打趣是官官相護。

有親戚接手，其他人也鬆了口氣。被拉來的大夫也說沒事，只是急怒攻心，淤血吐出來不過是幾帖藥調養的事情。

當把顏謹容安置好，發現他連炕都不會燒，忙得唐勤書一身汗後，她默默的替顏家表哥在生活上面的評估又掉了好幾個百分點。

或許不該把他想得跟自己一樣？她能夠自力更生，顏家表哥大概是不能夠的。其實他肯把身邊的零碎拿去當一兩個，比方扇墜玉佩，都夠他買一兩個下人，舒舒服服的過一兩年好日子了，但是要怎麼說服，該怎麼開口……

想得太專心，結果沉默良久的顏謹容對她說話，好一會兒她才明白意思。

「表弟，妳想成為小盧大人……」頓了頓，顏謹容有些咬牙的說，「還是崔錦文？」

這兩個，都是現時鼎鼎大名的女吏，堪稱一時瑜亮。

小盧大人姓盧名淑德，和史上留名的良官盧內相並不是同宗。但是會被稱小盧大人，多少也能了解她的才幹。她原本是華州女吏，為吏十年屢有功績，最後通過考選由吏升官，文昭帝特別給了幾個位置讓她選，她卻選了太僕寺員外郎，親手養馬，被人譏稱馬娘子。

但這個馬娘子卻研發出馬蹄鐵，為天下軍馬做出巨大貢獻，從此被尊稱為小盧大人。

至於崔錦文，姓崔名賢。如今是中書門下聽用的一級女吏。據說異常美貌，聰穎過人，文藻斐然。原本在翰林院聽用，獻錦繡詞，能由中取百篇詩詞，文昭帝賜錦文為號，遷中書省門下為宰相吏，書法獨創一格，名動天下。

年紀才十九，就因為年紀太小，所以文昭帝還要留著磨礪，不使考選，才沒有由吏升官。

小盧大人為人低調，很少在宴會場合出現，但是她還在京時就聽說小盧大人……貌寢。還有更刻薄嘴的說人一張馬臉，那個「馬娘子」的渾稱著實傷人。

至於崔賢，她見過幾面。或許是見面時彼此都還小，覺得的確好看，但也沒超出顏家表哥多少。

跟崔賢比較熟的應該是顏謹容吧。她後知後覺的想。崔家和顏家家主是連襟，向來走得近。

天下女吏都以這兩個人為目標……大部分。

但那不是我。

「我只想當唐勤書。」她很肯定的說，「而且我就是唐勤書。」

原本癱在炕上的顏謹容突然一把抓住唐勤書的袖子，眼中灼亮著火光逼人，「表弟，妳想成為小盧大人或崔錦文，我都能夠幫妳！」

哇喔。這裡面一定有很曲折離奇的故事。唐勤書眼睛也跟著亮了一下。

但是吧，前提是不要把自己賠進去，別開玩笑了。

「表哥，我打算燉個蘿蔔排骨湯，現在就得去準備。」她氣定神閒的說，「保準你沒喝過。」

如她所料，顏謹容立刻就鬆手了。

其實故事雖然曲折離奇，但是毫無新意。

不過就是兩個小兒女間不得不說的那點事，先是青梅竹馬，然後慕少艾的時候情愫暗生，經過看星星看月亮看雪談天談地談人生的若干過程，於是發誓生同衾死同墳。

聽到這裡唐勤書很想打呵欠，只是生生壓下來了。實在是話本看爛雜劇聽爛幾乎都是這種情節……總歸起來是這種情節。

要不是蘿蔔排骨湯在灶上燉要時間，閒著也是閒著，她還真不想聽下去了。

然後悲傷得無以復加的顏謹容終於轉憤怒，開始痛訴崔賢的背信忘義。

其實也沒什麼出奇，仕途順暢不想馬上嫁人拖延親事也很能了解。但是開始傳緋聞，顏謹容就不能忍了，只是每次都讓崔小娘子的梨花帶淚打動，相信都是外面的人嫉妒傳流言。

結果顏崔剛議親，晴天霹靂，榮華郡主突然看上芙蓉公子。

這也是為什麼顏謹容會倉促出京，跑來這窮鄉僻壤苦捱的主要原因。

只是，為了崔小娘子的閨譽，居然沒有露出半點風聲。

聽到這裡，唐勤書只感嘆，原來傳說中只喜歡小姑娘的顏家表哥，也會喜歡大姑娘。還是因為從小姑娘進化成大姑娘，所以顏家表哥才一路喜歡呢？

誰知道，真是太神奇。

然後神轉折出現了，顏謹容的妹子通風報信，說榮華郡主會突然看上芙蓉公子，是有人在敲邊鼓。

當然我們情聖顏公子是絕對不相信心上人會幹出這種事情。

但是更神的轉折出現在今朝，崔小娘子親筆寫信給顏公子，泣訴官途舉步艱難，希望為了她，顏謹容能夠尚榮華郡主……

於是碎心的顏公子吐血了。

——夠狗血。這是唐勤書唯一能給的評論。一直聽到現在她還是遲遲無法帶入情境，因為一整個聽起來實在夠蠢的。

「……所以表哥想為崔小娘子尚郡主嗎？」這得問清楚，若是顏家表哥蠢到宛如中蠱的狀態，她可要跟他拉開距離。

她已經是資質平平的人了，萬一被帶得更蠢，日後如何是好？畢竟近朱者赤近墨者黑。

回答她的是顏謹容一陣瘋狂咳嗽，以為他會再吐一灘血的時候，氣喘吁吁的顏謹容嘶啞怒道，「我為何要以色事人?!我看起來是捨身飼虎的人嗎?!」

嗯，還行。

「表哥是生氣吧。」唐勤書對著自己點點頭，「氣把自己丟了好多年，結果還是被人賣了。」

「為了喜歡一個人，卑微到忘了自己。其實『自己』都沒有了，當初喜歡你的人怎麼還能喜歡。」她頭回真誠的向顏謹容吐槽。

結果就是，顏公子真的再次吐血。

呃，這是惱羞成怒吧？

顏謹容請了幾天假，然後倒在炕上一言不發。

終究還是吃不消的唐勤書，跟縣令大人借了個小廝來照顧他，唯一做的就是每日送飯，頓頓都有蘿蔔，只是倒騰各種菜色。

她實在不能理解顏謹容的傷痛，就好像不理解她娘親數十年如一日的鬱鬱寡歡。但她是個寬容的人，既然他們覺得很痛，還是安慰一下好了。

娘親那是毫無辦法，她又不能把她爹綁到她娘的房裡。顏家表哥這就簡單多了，天下沒有吃貨過不去的檻……只要吃得夠好就行了。

蘿蔔潰熱氣、解毒化瘀，寒涼體質的人不宜過食，但是對極怒攻心還吐血的顏謹容是很對症的。另一個非常重要的原因就是，唐勤書愛吃。

宜清燉，宜醬燉，宜紅燒。和肉類非常搭，尤其是排骨，最好與脆骨同燉。一口軟爛的蘿蔔，一口嚼得脆響的脆骨……南面王不易也。

桃源縣盛行撒蘿蔔種子肥田，初冬時節，撥開薄薄的雪，挖出只有一指長的蘿蔔秧子，號稱冬梨。那口感……可以直接涼拌了。

冬季往往吃得太燥，這涼拌蘿蔔秧子去油解熱，再搭也沒有。

吃到第五天，顏謹容架不住開口了，「蘿蔔再好吃，也不能頓頓都是這個啊！」

氣完了吧？是氣完了吧？會點菜應該就沒事了。唐勤書點了點頭。

「明天吃枸杞羊肉湯。」她愉快的宣布。

「……我不吃羊肉。」顏謹容悶悶的說。跟唐家表弟……表妹生氣好像很蠢。他這麼感人肺腑思及落淚聞者傷心，媲美孔雀東南飛的往事，她卻只會冷冰冰的戳他肺管子……然後煮了好幾頓的蘿蔔。

他發誓，這輩子蘿蔔能翻出什麼花樣他都知道了。

「因為以前不是我煮。」唐勤書傲然說。

顏謹容不想說話。

「其實你難過也沒有用。」唐勤書還是誠實了，「我們距京一千五百里。就算崔小娘子嫁人了，也要幾個月後才知道。」

真開心，不用憋在心底吐槽，可以直接說出口了。不過她自覺已經很留情了，最少她沒說顏家表哥哀怨的宛如被棄的怨婦。

瞠目看著施施然而去的唐勤書，顏謹容忿忿的捶了炕好幾下。

果然是表弟，毫無同情心的表弟！如果是表妹最少也會安慰我一下啊嗚嗚嗚……

終究顏謹容沒等到表弟的絲毫安慰……第二天唐勤書已經跟著縣丞大人出勤去了，連吩咐一聲都忘了，氣得顏謹容砸了個茶碗。

人命跟失戀，當然是人命為重，失戀又不會死人。這就是唐勤書的取決。

半夜裡，有個小夥子一路狂奔差點累死凍死，用最後的力氣敲響了鳴冤鼓，驚醒了整個縣衙。灌熱水捂暖才救醒，一張口就是大案——在桃源縣算是大案了。

騎馬要半天路程的吳家村，已分家的叔嬸想發絕戶財，胡亂許人，逼得姪女上吊了。

雖然已經救了下來，暫時還沒能把人抬去給鄰村的老地主做妾，但眼見就要出人命，這個叫王義的小夥子擔驚受怕的拔腿跑來請官家救命。

這不是鬧著玩的。

文昭帝一直相信，朝廷花的每一毛官餉都必須物超所值。如果怕百姓興訟，那設置衙門幹什麼，不如撤了省點錢。再者，大燕律裡是沒有絕戶這回事的。

這就得解釋一下關於財產分配問題。新勘大燕律的解釋是這樣：子女都有分內的繼承權。女子嫁妝就是父母給予的分財，所以夫家不可過問，全由女子支配。遺產分配則應該由子依嫡庶長幼按律繼承。若沒有兒子，則由未嫁女平分為嫁妝。膝下無兒女方可立嗣，過繼一個。如果無兒女又未立嗣……別以為宗族可以暗槓，那該收歸國有。

至於已分家的叔嬸想擺布孤女謀財害命……妥妥的政績啊！

這就是為什麼縣丞大人沒有抱怨，騎馬就跑的緣故，也是因為裡頭牽涉到個孤女，唐官娘說話方便，才把她帶上。

最重要的是，唐勤書的騎術在桃源縣是數一數二的。

結果騎馬騎驢浩浩蕩蕩的一行人跑進了吳家村，整個村落都譁然震盪了。誰知道官家會為了個絕戶孤女跑來問罪啊，根本沒聽過！絕戶不就是給人欺負的嗎？

當然不是。你忘了文昭帝雖有跋扈之名，但妥妥的是個女嬌娘嗎？你說她會站在哪一邊呢？

這案子，真沒什麼不好斷的。縣丞大人很樂得過足了官癮，非常想往大辦去，最後讓唐勤書勸住了。

吳家小娘子還要在這村生活下去，爹娘留下來的十畝地也還在吳家村。把她叔嬸法辦了當然過癮，但是就會不為宗族所容。

趁此機會，不如好好宣揚一下新勘大燕律關於財產的歸屬，博個教化文明，比個小案入檔好看多了。

縣丞一聽，有理。於是聚眾開講，斥責叔嬸不慈，衙役按倒，打了十棍，加罰九十日繇役。當場讓里正地契房契更名，於是吳小娘子成了吳家村嫁妝最優渥的那一個。

你說鄰村老地主？已經寫了個公文去詢問，沒有納妾文書，你這是逼良為賤？藐視國法嗎？

老地主親自來連連說絕無此事，不過是借錢給人，怎麼有這等誤會。

姑且不問到底是什麼誤會，只是這樁例行公事高潮迭起，神轉折出現了。

擁有吳家村第一嫁妝的吳小娘子問明了經過，含羞帶怯請唐官娘做媒，希望能嫁給王義。

這吳小娘子不一般啊。唐勤書心底擊節讚歎。誰說村姑就一定沒見識，心底沒主意的……亂講。

表面看起來吧，王義沒爹沒娘，無寸瓦遮頭，貧無立錐之地，是吃百家飯長大的。吳小娘子爹娘還在的時候可憐他，農忙的時候都盡量雇他當小工——五、六歲的孩子能幹啥，不過是有個藉口給吃的。

現在也才十三歲，瘦得像麻桿，長得也不稱頭，還比吳小娘子小三歲……吳小娘子可是個清秀佳人。

但滿村人都袖手旁觀，只有他跑了大半夜硬著頭皮敲鳴冤鼓。

記恩又有情義，還有什麼比這更好？帶著豐富嫁妝嫁了，有了頂門立戶的男人，在村裡立足也容易了，宗族想有什麼怪話……她不是趁機求了唐官娘麼？

結果唐勤書恭敬的請縣丞大人作主，倍兒有面子。縣丞大人就這點兒毛病，愛顯擺個官威。被百姓小兒女全心信賴感覺多好啊，立刻就喝了媒人酒，令里正幫唐勤書酌辦，這才樂顛顛的留下兩個人，其餘帶隊回城。

王義從頭到尾都是暈的，只會咧著嘴傻笑，別人譏諷他倒插門當贅婿也不以為意，「小娘子的就是小娘子的，我給她做工一輩子。」

唐勤書聽得悶笑，不枉她還特意留下來給他們辦親事。

坦白說吧，誰不喜歡幸福滿人間。可惜總有各種狀況。尤其是男人……唉。

但是，一個人會不會成為賤人，其實環境要占大部分的緣故。面朝黃土背朝天的莊稼漢，看不緊自己褲腰帶都沒那個環境，想當賤人都不可得。

既然沒有那個環境，又是個知恩有義的，吳小娘子心底有成算，這日子能過不好嘛。

所以她真的很樂意給這對小兒女撐腰，甚至捲起袖子親自操辦了宴席，滿滿十二道菜，震驚全村七大姑八大媽，唐官娘一手好茶飯，縣裡的廚子遠遠不如。

雖然也有人嘀咕沒見過那麼糟踐油的太敗家，但也有人反駁人家官娘糟踐得起。

可不是糟踐得起。他們莊稼人成親往往就捲個包自己走路過去，有件紅衣當婚裳都往往是借的。但是唐宮娘親自掏腰包買了鳳冠霞披和新郎喜服，輝煌體面可是十村八里獨一份。

連辦案帶親事，她在吳家村待了十天，給了二兩的賀銀和一份名帖。難得見到人間有情義，躬逢其盛，她也溫言有事可以憑名帖到縣衙找她。

結果呢，吳小娘子果然是個妙人。

那二兩銀子她央王義去縣裡弄了個匾額，送到縣衙，大書著「為民張目」。得，又是政績。整衙官吏笑得見牙不見眼，為了該掛哪還討論半天。

只有顏主簿鬱鬱。

他已經這麼慘了，被初戀虐了千百遍……結果表弟連看都沒看他一眼，直接把他忘了。

最少也問一句吧？不然他驕傲的冷哼要怎麼拋出來？

其實我沒有想她。顏謹容憂鬱的想。只是我的腸胃真的受不了黃嬸子的菜……如果那個叫做菜的話。

最終那驕傲的冷哼來不及拋出去……因為唐勤書連給自己做飯的時間都沒有了。

上頭一道輕飄飄的律令，下面立刻如熱鍋上的螞蟻。原本桃源縣的稅賦待臘月封關前遞解到府城就行了，結果皇上她老人家要求當年事當年畢，時間一壓縮，臘月前就得送到府城了，整個縣衙雞飛狗跳。

作為一個縣令大人最重要的愛將，唐勤書當然義不容辭的被塞去戶曹幫忙……倒不是欺負她是新人，而是吏員一直沒補足的桃源縣，像她這麼六曹事拿得起放得下的人才，真的是稀有。

戶曹管錢糧事，是個有油水的單位。但是戶曹卻也是最操的單位……一縣的帳房可不好幹，而且最容易被抓包吃官司，辛辛苦苦考進來，誰想為了幾個大錢丟官坐牢……在窮縣這是最吃苦受累的位兒。

今年桃源縣又是大豐年。穀多價賤，小老百姓也有他們樸素的智慧。既然賣不起價錢，乾脆的將過往欠稅一氣繳了——納糧是照官府的平準價。

好了，要死人了。縣倉爆滿，急急的往外租了好幾個臨時棚子放糧。所謂五穀雜糧，光糧種就有幾十樣，這個帳已經讓人發狂，然後還有過往欠稅舊帳要勾消，戶曹人人面有菜色，日以繼夜的在官衙撥算盤子兒，連吃飯都是隨便對付一兩口，嘴裡念念有詞的綠豆幾何折糧幾何，又該折銀幾何。

唐勤書也跟著折騰，桌上擱著疊得高高的官帳，算得不知道今夕何夕，怎麼能有閒情給自己做飯。

偶然看到顏家表哥，她才嚇了一跳。整個人都瘦脫形了，厚厚的棉衣不貼體，空落落的，憔悴的可以。

情傷這回事吧，她不敢說我懂，卻有些共鳴。

姜家雖沒到通家之好的地步，總是同個社交圈，姜公子她也是見過的。父母之命媒妁之言，她對這樁婚事沒有什麼意見，也曾懵懵懂懂的憧憬過自己的未婚夫。

姜家公子的書信經過父母手中交給她，她也曾稟明父母給姜公子送扇套。

結果證明，她就是個傻子。

那麼硬氣的鬧著要退親，甚至離家自立當女吏……但她也曾暗自神傷過。

情傷最痛的永遠不是最初，而是在日後獨自咀嚼，回過味來才會時不時的發作苦澀，並且不時的感到自貶、自卑。

再灑脫的人也免不了這個過程。何況顏家表哥這麼嬌氣的人。

她這樣冷心冷肺的人都不好受了。

大體上來說，唐勤書雖然毒舌得出口就戳人肺管子，但還是個寬厚的人。就是這份體諒，讓她大部分的時候都在心裡吐槽，很少說出來。

她最恨人說什麼刀子口豆腐心，簡直鬼扯。別人是欠你多少債得忍著你的刀子口亂戳，你怎麼不讓我戳你？毒舌對刀子口，毒舌甩你幾百條街好不？

有缺點改不了就好好收著，不要隨便出來現眼。

像她覺得父母是一對廢物點心，前半生靠老爹（祖父）後半生靠兒子（她大哥），自己是什麼都不會只會耍威風……但她也沒說出口過是不？

宅心仁厚還是對的。

所以她覺得顏家表哥嬌氣到娘氣了，她還是願意同情他的不易。即使暫調戶曹忙得要發瘋，她還是擠出時間燉了缽湯。

再不管他，憔悴得像是紙片的顏主簿可能要倒在官衙了。

她手上的銀錢一直都很緊，但也不覺得該奢侈的用什麼高貴藥材。桃源縣附近就出山蔘，只是品相一直都很抱歉，沒法兒炮製……沒人要用牙籤粗細的人蔘。

但她之前跟從的老上司彭大人，是個非常標準的文人——啥都會一點。連醫術，都能看個頭疼腦熱，搗鼓一些養生方子。

別人不當回事的生山蔘，彭大人都珍之重之的收來，跟她說，別人以寶為廢，可別學得這樣眼淺。

炮製過的人蔘藥性好，卻還是藥，性燥，拿來煮藥膳一來可惜，二來鬧得虛不受補反受大害。

真的要補中益氣，溫緩行之，還是生蔘最佳，入膳溫和。

她將只有筷子粗細的生蔘斜切，取一片里脊肉，用只有一碗大小的小瓦罐，隔水用紅泥小火爐，以炭燉煮。火要小，宜緩，水僅覆過肉與生蔘。

當初在山溝縣，她讓彭大人逼著吃了一個冬天，有沒有好處再說……起碼非常好吃。

縣令大人借給顏謹容的小廝提了食盒過來，說是唐官娘在官衙邊加班邊幫他燉的湯。

她還記得有我這個表哥啊。顏謹容拉長了臉想。

但終究還是沒對下人發脾氣。一來遷怒不是他的個性，二來到底是大人好心出借的小廝。

其實他不太想吃。已經很晚了。飄飄盪盪的冬雪拍窗，寂寞的淒涼緩緩蔓延。最初的憤怒隨著那兩口血淡了，隨後湧上來的悽楚和心痛卻比疾病更纏綿。空費了滿腔的愛慕，空費了那些最好的年華。最後把自己活得像是個笑話。

他知道自己應該振作，應該若無其事，笑著對自己說，大丈夫何患無妻。不要再想了。他告訴自己。別想了。

終究還是打開食盒，他總得做些什麼，像是之前一直想對表弟冷哼，對她生氣的時候他就暫時忘了那些往事。

清澈的肉湯飄著蔘片，沒什麼油花。撲鼻都是蔘帶著微苦的芳香，里脊肉燉得非常綿軟，帶著微微的粉。

可能只放了一點點鹽，熱騰騰的，喝了一口，就從嘴裡一直暖到胃裡。簡單而樸素的溫暖。

咳得發疼的咽喉，也緩和而慰藉。

他不但把肉吃了，還把蔘片也吃了。以為會像藥渣，沒想到這麼香，一點都不苦。我不苦。

喝完了那盅湯，暖和的他終於睡去，是這段日子最甜的一覺。

唐勤書沒料到的是，她那簡直是表姊的顏家表哥該下衙的時候沒下衙，繃著有些憔悴的芙蓉面，沉默的取走她案上的一疊官帳，一目十行的看過去，用不著算盤或算籌，就精準心算的寫下正確的數字。

第一個念頭是，果然是貨真價實的才子，不是只會風花雪月……瞧這只在傳說中聽過的心算能力，難怪這麼嬌氣還是縣令大人的愛將。

第二個念頭才恍然。這原本就是戶曹書吏該做的事情，跟主簿不相關。顏家表哥這是……幫她來著。

原來是蔘湯的報恩？

其實不用這樣。她已經將蔘湯燉在旁邊的紅泥小火爐上，表姊……表哥不幫忙她也會燉好請人送去。

但心裡還是有些暖意。

就是不求回報，但意外的被回報了，多少有點詫異和溫暖。

沉默的埋頭各自算帳，直到蔘湯離火，她盛好直接遞給顏謹容。他看了唐勤書一眼，起身另拿了個小碗分一半給唐勤書，才用調羹慢慢的喝湯。

有顏謹容的幫忙，在戶曹上下感覺到自己快死掉的時候，終於在臘月前結帳。等運糧餉往府城的押糧官啟程，所有人唯一的感想是虛脫。縣令大人很好心的讓戶曹相關人員放假一日。

唐勤書覺得她若頭沾枕恐怕會立刻睡死……結果她拖著疲憊不堪的身軀往街上去了。

這場勞苦的大加班，讓不少人病倒了。多半是疲倦過度風寒侵體。很不幸的，嬌弱的表姊……表哥也跟著中招。原本就因情傷憔悴，勞累加風寒簡直要將他擊倒。喝了好些天的湯藥才終於好轉，但後遺的咳嗽卻纏纏綿綿的一直乾咳。

她原本想買幾只梨，結果時節不對，街上根本沒人賣。退而求其次，想買些乾枇杷葉，跑遍了全縣城的藥鋪，根本沒有人備。

好吧，她承認，沒招了。

最後還是用上了老上司彭大人的偏方……她自己是覺得很有用，但是實在不太好吃。

睡得迷迷糊糊的顏謹容怔怔的望著把他搖醒的唐勤書，有些納悶她怎麼會出現在這裡……雖然喊她表弟，有些時候也覺得她真當得上巾幗不讓鬚眉，但是這個表弟私底下很龜毛……不不，是守禮很嚴謹。

所以出現在他炕前是很奇怪的事情。

才張口，就是一串咳嗽，撕心裂肺的。

「小乙家裡有事。」她解釋著，縣令大人借顏謹容的小廝神情匆匆的跑來敲門，害她嚇了一跳，「小乙娘病了。你睡過兩頓了……再睡過晚膳傷胃。」

這樣。還有點遲鈍的顏謹容點點頭，才起身就被塞了個茶鍾在手裡。

「先吃了再起吧。」唐勤書有些憂慮的看著他。表哥睡得很不安穩，不斷咳嗽，而且可能有些發燒。「晚飯好了，在堂屋吃還是炕上。」

「……堂屋。」顏謹容開心了一點。但也不能太開心得寸進尺你說是吧？表弟都跑來他家幫燒晚飯了，在堂屋還可以一起吃飯，在炕上吃她一定會端一份回家。

這麼冷，端回家都涼了。

腦筋還有點迷糊的顏謹容揭開茶鍾，看著裡頭的一小方豆腐發愣。

就是豆腐，浸在白水裡的豆腐。

是甜湯，燉成甜的豆腐真是奇怪。說不上好不好吃吧，剛起床喝著熱湯總是令人心情愉快，綿綿的豆腐用小茶匙送進口裡，吞下去時本來咳得發疼的咽喉，像是被撫慰一般。

好像沒那麼難受了。

起身穿上外袍，甜甜的味道還在喉舌間。

只有那麼一小茶鍾，原本不振的胃口，就這麼被勾引起來。雖然只有清粥小菜，他還是吃得很歡。那碟蒜炒豆芽很得他歡心，表弟很會發豆芽，每根都胖嘟嘟，炒得脆脆的，整盤幾乎都是他吃的。

吃完晚膳，他覺得自己的病好了大半。

反而表弟吃得很少，仔細看她的眼睛，依舊布滿紅絲。「妳到現在還沒休息？」他一早回來就倒下大睡一場，「別收碗筷了，快回去睡覺！」

「一會兒就好了。」唐勤書淡淡的笑，「熱水在灶上。」

她還是洗了碗筷收拾好才走。

顏謹容喝了十來天的豆腐甜湯……每天早上都會出現在他的灶上，直到咳嗽斷根。近年了他才知道，那一天唐勤書滿縣城的買梨和枇杷葉未果，最後差點把縣城翻過去才買到貴得要死的冰糖。

每天早上天不亮唐勤書就蹣跚的踏雪去買熱騰騰的、剛作好的新鮮豆腐。

她還有些抱歉的說，實在沒辦法，只好用這種偏方。

其實她不用這樣。對她也沒多好，我不過是她的遠房表哥。

遠離家鄉孤身赴任，從貴公子淪落成微不足道的地方小官。父母執意將他賣了換取榮華富貴，責他不孝。

他以為自我犧牲能夠守住和崔賢攜手的未來。

結果他心心念念的那個她，是第一個出賣他的人。

寒冷、孤獨，痛苦。非常。

只有一個遠房表弟……表妹會關心他的一點微恙。終究還是有個唐勤書吧。

好像也……沒那麼冷，沒那麼寂寞。

那年的年夜飯，他和唐勤書都被縣令大人強邀到家裡圍爐，許多單身赴任的官吏都被抓去了。

顏謹容喝掛了，連扶都扶不動，最後是被抬回去的。

第二天他蜷縮的像只蝦子，宿醉加胃痛，大年初一就欲仙欲死。

唐表弟很生氣。但是再怎麼生氣，還是給顏表哥送飯了……一缽南瓜粥。

說是粥，事實上並沒有放米。而是將南瓜去瓤連皮蒸熟，然後將瓜肉挖出搗磨成泥，再注入少量的水緩緩煮開，煮得時候得不停攪拌，不然鍋底燒焦就毀了。

宿醉又胃痛的時候，南瓜粥簡直是金黃色的救星。

鮮亮的顏色像是冬晴，撒了一點胡椒鹽，甜而糯，好吃得連舌頭都想吞下去。

他再一次的考慮，要怎麼樣才能拐表弟一輩子為他做飯了。

二月初，開春了。

桃源縣習於二月搶在春耕前邀春酒，意外的，最受歡迎的是唐勤書。大概是鄉紳相邀，女眷也喜歡她。她幾乎都只參加女眷的宴，這樣還有些應接不暇。

這天在後衙門口遇見，顏謹容看著唐勤書，覺得似乎有點怪怪的，卻說不出哪裡奇怪。

「顏家表哥喝春酒去？」唐勤書向他打招呼。

「是，李員外邀縣尊順便也邀了我和朱縣丞。表弟也去李家？」

唐勤書笑著點頭，頭上的碧璽步搖微晃。

……終於發現什麼地方怪怪的了。雖然不是第一次看她穿女裝，卻是頭回近距離觀察。

果然是表妹才對。終究有著細長的眉，漂亮狹長的鳳眼，淡施脂粉，粉桃腮。穿著漂亮的緋紅夾纈罩袍，內襯粉白直裾，露出一點點彩羽鸚哥鞋。頸懸纓絡，金鑲玉臂釧有些大，放下手就溜到玉白的掌腕間。

怎麼有這樣的人，宜男宜女。穿著吏袍皂靴英氣勃勃，穿著女服溫婉如淑女。

「妳是不是忘了……」顏謹容指了指自己的耳垂。

唐勤書摸了摸，「我戴了。」

顏謹容有些不滿，「妳是說那只有米粒大的耳釘？那不當耳環好不？不正式。」

唐勤書只賞了他一個白眼就準備走人。

「妳等等！」顏謹容驚駭，「妳就這樣走過去？穿這麼一身？」

她終於失去耐性，「顏家表哥！這裡是桃源縣不是京城！」走小半刻就到了，這裡人人這麼走。她連騎馬都懶好不？雖然她會側鞍而騎，但是麻煩透頂。

顏謹容卻說什麼都不肯。這太奇怪了。他知道這是桃源縣，窮鄉僻壤。但是姑娘家穿得漂漂亮亮的去赴宴，哪怕只隔一條街都該乘車坐轎……姑娘家必須嬌養！

打扮得像姑娘就必須要有姑娘的待遇。他的姊妹如此，唐表弟……表妹也該如此。最後顏謹容硬去附近的米店借了驢車，執意要送唐勤書。她後來非常後悔，因為顏家表哥很明顯的不善駕車……也可能是不善趕驢車，一路擦撞，最後差點撞上李府的牆。

她覺得自己走路去都不會這麼狼狽——只要路上沒有顏家表哥趕驢車就會非常安全。

張口想毒舌諷刺一番，可是顏謹容卻肅顏掀了車簾，不但安放了車凳，還擔心的伸手給她扶。

……驢車真的很矮，用不著車凳，更不用人扶。

她不肯承認心酸軟了一下。眼眶也沒有熱辣，一定是向著春陽，被亮扎了眼，絕對不是想哭。

我一點都不嬌氣。唐勤書對自己說。我也沒有很感動，沒有因為被人愛護就感動。我是獨立自主的女吏，朝廷命官，不需要別人照顧，更不需要別人把我看成姑娘。

她拎著裙子就要下車，顏謹容卻有些緊張的托了她的手肘一把。

「等我一起走啊。」顏謹容囑咐，「驢車不難嘛，是我想得太複雜。回程會很順的。」

唐勤書悶悶的回，「我自己走回去就可以。」

「不行。」顏謹容斷然拒絕，「我……我不會讓謹秀徒步走回家，當然也不會讓妳自己走回去。」

發覺自己口氣有點凶，顏謹容訕然，「那個，謹秀……妳還記得嗎？我妹子。雖然很少去唐家，可妳跟姊妹一起來我家時，應該也見過吧……」

「……嗯。」

謹秀好像還大她幾個月。這時候他才發現，身邊的少女過了年才十七歲。時下盛行晚婚，二十初成親的大有人在。他的親妹子已經定了親，後年出嫁。他出京的時候妹子還一團孩氣撲蝶逗狗，唐家表妹卻已經飽受風霜。

不知道為什麼，他難受起來。

放柔了聲，「女眷席上的酒通常都是甜的，但是後勁大，別喝多了。晚點哥哥……表哥送妳回家。」

我好想哥哥。唐勤書覺得眼睛熱辣辣的。哥哥也總是這樣囑咐我，一次次不厭其煩。

深深吸了口氣，她點點頭，勉強的笑了笑，就轉身進去了。

宴席中她有些心不在焉，但表現得應該還好。畢竟她一直是個淡定從容，嫻靜寡言的女吏。世家的教養已經刻入骨血，就算情緒不對也能表現出最好的風儀。

李夫人很羨慕，一直叫她的女兒們多學學，這個時候，只要謙虛就可以了。

但是她的感懷卻只維持到顏謹容被攙扶出來，囑咐她別喝多的顏家表哥，把自己喝成醉貓一隻。

幸好小乙尋來了，不然她真的得穿這一身錦緞趕驢車。

喝醉的顏謹容倒是很乖，蜷在角落熟睡，嘴角噙著一點委屈。

「小的就知道，」小乙笑了起來，「縣尊就這點毛病，喜歡給人灌酒。說要陪公子來，公子偏偏不肯，幸好我尋來了。」

不知道是氣極反而覺得好笑還是怎樣，唐勤書笑著搖搖頭。

「小乙，你若跟你家公子合得來，我跟縣尊討要你吧？」

小乙笑得很清亮，「公子人好，服侍他是小的福氣。可老娘還在大人那兒，總不能帶來一起讓公子白養著……老娘已經幹不了什麼活。」

安靜了一下，唐勤書噗嗤一聲，「也對。表哥養自己都快養不活了。」

到了後衙，小乙把醉昏的顏謹容背回去，唐勤書也回到自己院子，進屋換下華貴的女裝。

果然換上短衫，心靈的軟弱就會遠去。

顏謹容睡醒的時候天已經黑透了，只覺得頭痛欲裂，但一點胃口都沒有。

小乙已經回去了。畢竟是跟縣令大人借的，傍晚就回家。而且小乙還有個眼睛幾乎看不見的老母要照顧。

真安靜。只有我一個人。

「醒了？」

這突如其來的一句話，差點把他嚇得掉下炕。

穿著一身清爽短衫的唐勤書點起油燈，梳起的髻包著書生巾，似笑非笑的。

她當然不會告訴顏家表哥是故意的，他受了驚嚇的臉孔真的很有趣。

「喝點醒酒湯吧。」她站起來，「還在爐上熱著。」

顏謹容漂亮的眉頭立刻蹙起來，看起來委屈得不得了。「……我不喜歡那種味道。」

醒酒湯其實就是醋湯，難喝得讓人淚下。宿醉和醒酒湯，他寧可選宿醉。

「除了冰糖豆腐，你吃過我做的菜哪個不好吃？」這時候的唐勤書，有種睥睨江山的自傲。

那是一碗酸辣湯。切得細細的木耳和同樣切細的豆腐，用了陳醋和胡椒，勾芡又勻了蛋花。光聞到味道，鼻塞立刻通暢了，酸、辣、鮮，喝完不是胃舒緩了而已，連頭痛都舒緩了。

果然連醒酒湯都非常棒。表弟是應該驕傲，而且可以更驕傲。

他做了一個重大的決定。

立刻將剛拿到手不久的全部薪餉，全部遞給唐勤書。「表弟，不能讓妳一直貼補我吃飯，那成什麼樣子？來，收著吧。」

十兩銀子。開什麼玩笑啊？這是顏主簿整個月的薪餉。

「不過是多雙筷子。」唐勤書拒絕。

最後推來推去，唐勤書火了，「表哥，我沒辦法用這些銀子包你食衣住行。」

別鬧了，鮮衣怒馬的京城貴公子生活……十兩銀子可能只夠打賞下人。

「衣服吧，去年都做遍了，我又沒再長個子，再穿一年也沒什麼。住官衙又不要錢。官家還替我養著馬呢，沒問題……」

唐勤書瞅了他好一會兒，非常冷靜的戳破他的藉口，「行了。沒辦法用薪餉養活自己就直說咩。」從中遞了二兩銀子給他，「身上帶一點錢。沒有了管我拿……但得說明要做啥，我會獨開一本帳。」

等隔天送柴的人來了，原本借用的小乙，暫時從縣令大人那兒雇用過來，並且雇了一個大娘來收拾屋子、漿洗衣服，突然一切都井井有條。

柴陸續送來，並且開始晾乾，他終於活出個人樣……這才後知後覺的發現，已經被唐家表弟非常隱諱高明的鄙視得很深。

清明放了幾日例假，不可能返鄉掃墓的唐表弟……唐表妹準備了香燭素果兩份，還過去幫生活白痴的顏表姊……顏表哥設好香案。

她教得很認真。

顏謹容好幾次想開口，其實祭祀是大儀之冠，他雖然不是長子，好歹是個嫡子，這方面要求的很嚴格，搞不好比身為姑娘的表弟還懂。

但是他還是默默聽著，點頭。只是他絕對不承認是因為錢袋子攢在表弟手裡，更不承認蹭飯的人總是矮上一大截。

是我有肚量能容人。顏謹容想。不然有幾個人能忍受得了表弟的「真性情」。她的嘴真的太毒了。評價人真的刀刀見血，偏偏又命中核心。幸好她知道自己的毛病，總是再三思量才說話。

可只要表弟的眼神有些不對的在他臉上飄過，顏謹容就會炸毛的推測她到底想說的是啥。

「表弟想說什麼？」眼神太憐憫了吧喂！

唐勤書張了張嘴，含糊的說，「表哥可能會單身仕官很久，該學的還是要學。」

絕對不只這個。

被逼得沒辦法，唐勤書眼神飄遠，「慣子如殺子。」

顏謹容一如既往的炸毛。又被鄙視了，而且是最嚴重的含著憐憫的鄙視！子什麼子？好吧，他當然知道「子」不一定是兒子，他也拒絕這個可怕的解釋。

唐勤書彌補似的添上一句，「我知道表哥只是不善庶務。」

妳真正的意思是說我是個生活白痴吧?!

當然小小吵了一架，但是唐勤書一臉無奈，真正氣得發抖的是可憐的顏表姊……表哥。

但是顏謹容的怒氣總是維持不了太久……只維持到午膳的味道飄過來。然後他就非常沒有骨氣的抱著自己的碗過去吃飯，裝得好像早上暴跳如雷的人不是他。

果然實話誰都不愛聽，真相總是難以承受的殘酷。唐勤書心中感慨的想。

即使被戳得要吐血，但是顏謹容和唐勤書還是處得不錯。休沐時常相約去踏青……沒辦法，顏謹容的騎術放眼桃源縣，只有唐勤書能比肩。或許性情上有許多相異，但是對馳馬都情有獨鍾。

唐勤書比他還極端一點。她雖然不至於親手養馬，卻對自己的馬很有感情，常常會去看顧，也常打賞官衙的馬童。

「我以為會叫做暮雪或秋霜。」顏謹容對唐勤書的命名水準很有微詞，「居然叫大黃。哪個女兒家會喚自己的愛馬叫大黃？」

「大俗即大雅。」唐勤書又露出那種憐憫的鄙視，「大黃為藥中將軍。」

「…………」

妳要不要連匹馬都要九拐十八彎的賣弄?!

可和唐表弟一起在青青原野奔馳，真的是非常愉快的經驗。像是所有不足，一切遺憾都能隨風而去。既不是爭強鬥勝弄到傷馬，也不是應酬交際的一部分，只是單純的享受春光與東風，穩穩的並馳或快步。

明明比她早一個月赴任，唐勤書對整個縣卻比他還了解。看起來只是隨意春遊踏青，總是有熟悉的農家可以歇腳，能夠借爐灶做飯，每個人都對她露出微笑。

這時候的她放下重重戒備，彎著輕鬆愉悅的笑……

然後大姑娘小夥子都會對她臉紅。

身為不自願的風流前輩，顏謹容好心隱諱的提點過她。人長得太好太有氣質往往是懷璧其罪。他在京中就常常被糾纏，當然男與女兼有。

他常覺得自己長得太美實在是種罪惡。

「如果能陪我耗，那也未嘗不可。」唐勤書漫應，「我終究要成家，但是嫁人大概是害人害己。如果有緣分，納婿甚至納個小姐妹也沒什麼不行。」

「納婿就算了，小姐妹?!」顏謹容怒了，「和個女人一輩子是邪魔外道啊！」

「老大不成親，人人都會覺得我有問題。」唐勤書其實也很煩惱。「事實上我也還不知道自己能不能跟女人有什麼。」

有個飄忽的念頭從腦海一閃而過，顏謹容卻沒抓住。畢竟唐表弟的問題很嚴重，讓他很憂心。

不管怎麼喊她表弟，他也明白這是個姑娘家。她的憂慮很正確，這年代，寡婦和離婦棄婦的地位都比老姑娘高，不成親一回就好像人有什麼問題似的。哪怕是有個小姐妹也能勉強支撐門戶。

可如果他親妹子不嫁人，他也希望能招婿，而不是招個小姐妹。憑什麼他嬌滴滴的小妹子得出去頂門立戶，保護另一個女人？

他的妹子不行，表弟也不可以。已經夠可憐了，還可憐一輩子。

「這個妳要聽表哥的。」顏謹容板起臉，「丈夫就是替娘子頂起天的……嫁漢嫁漢穿衣吃飯，那是漢子該做的，不然成親做什麼？小娘子不要太能幹，漢子會偷懶。」

唐勤書笑了。「表哥，你怎麼跟我哥說得一樣。」

或許能容忍他許多毛病，就是因為，看見他總會想起自己的親哥哥。

那天回去的時候，離晚飯時還早，可肚子真有點餓了。經過豆腐坊，唐勤書買了小半桶的豆漿，和幾塊溼豆皮。

顏謹容非常熱切的等著吃小食。

結果唐勤書只是拔了幾棵蔥，切蔥花，取出幾個蘿蔔乾和溼豆皮切細丁，當豆漿滾的時候，將蘿蔔乾丁和豆皮丁都倒進去，幾滾離火，最後撒上蔥花，滴幾點辣油。

簡單得不可思議。唐表弟說，這是鹹豆漿。事實上這樣的豆漿有些泛豆花了，看起來似乎一場糊塗，賣相不太好。

但是他對表弟有信心。

果然，又燙又辣的香，嘎綳脆的蘿蔔乾，還有細滑的豆皮，混著綿綿密密曖昧的豆花似的豆漿，融合得再完美不過。

「再一碗。」他舔了舔嘴唇。

「小食不當飯。」唐勤書拒絕了，「晚上包韭菜盒子。我終於學會怎麼發麵了。」

這個時候，他覺得表弟簡直是神，非常值得膜拜。

晚上的韭菜盒子不太成功，最少就唐勤書的標準來說皮實在太厚。但是顏謹容還是很捧場的吃得很香。

因為表弟會漸趨完美，不久後就會吃到非常棒的韭菜盒子。

但對廚藝抱著絕對挑剔和驕傲的唐勤書卻感慨，表哥這方面實在是個脾氣絕佳的好人。

時序漸漸推進初夏，忙亂的春耕結束，開始有段農閒時期。以農為主的桃源縣衙也跟著悠閒下來，最忙的變成工曹，也是外勤居多，開始巡視水利之類。

人手足，唐勤書就沒被調去幫忙。她依舊在刑曹當書辦，但最近沒什麼重大到要書辦隨行紀事的刑案。

她接到嫂子寄來的家書正是閒得整理檔案的時候，結果這封家書讓她倒抽一口涼氣……比論語加註還厚的家書是怎麼回事。

看完以後的感想是，嫂子掌家帶孩子似乎還是太閒。

春初道路開通，她寄家書時順帶問了一筆，實在是當初顏家表哥太慘烈，她實在好奇崔錦文的事。

畢竟在傳聞裡只聽說才貌皆盛聞名天下而已。

但她只問了一句，嫂子回她一「本」家書，調查得有夠詳細。

總之和盛名似乎南轅北轍。

五歲能文，七歲能詩，其實還算是一般的天才——世家裡這種天才多不可數，沒到這程度不好意思說是神童。

但是在京中最有名的，卻是崔賢桃之夭夭灼灼其華的緋聞。說得上號的皇家宗室子弟幾乎都有些跟她不得不說的故事，她也很大方不避人，與人出雙入對，屢有親密之舉，比貴女們還豪放。

雖說幾代女帝後，對女子的束縛減輕很多，擁嫁妝自立女戶招婿的女子也不怎麼樣了，貞節觀從生理上轉變成心理上……但終究還是講究貞節。

開始時雖然混亂過，像是要揚眉吐氣般，曾經女子招婿非要弄個三夫四侍，求與帝母看齊。但自文昭帝只有駙馬親王後，誓為比翼鳥成為招婿女子的追求，也讓許多分不到太多家產的嫡幼子或庶子，不再視上門女婿為畏途。

現在的招婿比起自古傳下來的贅婿要合乎禮俗多了。招婿如同分家，婿依舊可奉養探視自己父母，如同女子保有嫁妝的所有權和處置權，被招的婿也擁有聘財的所有權和處置權，並且可選一子隨父姓傳祧。

這樣的社會風氣之下，許多觀念為之轉變。女子的選擇多了，嚴守古俗的世家子越來越難娶親，門當戶對之餘，甚至對世家公子本身的品行多有要求。明面上敢納妾的人很少，最多就是有幾個侍婢，而且嚴守「三十無子方可納妾」。

（這就是為啥姜家公子的婚前庶生子會讓唐勤書勃然大怒憤而拒婚的主因。）

即使對男子多了些要求，女子也不是就這麼解放了。和一個心儀對象發乎情止乎禮樂見其成，對象門當戶對父母甚至會代為操心。但是和一群對象玩曖昧……就算是男子也會被鄙薄，何況是個女子。

——以上論述來自唐勤書的大嫂顏謹易。她這大嫂是閨中大學士傅佳嵐和法學蜀王慕容馥的研究權威，差點成了史上第一個無須吏考被皇上征辟的女吏。只能說她老哥運氣太好，娶了個才高志遠卻淡泊名利的妻。

大嫂分析了社會現象、禮俗和趨勢，並且列舉了崔賢諸位「入幕之賓」，最後給了一個「有才無德」的評價。

至於才能，這位本身才華洋溢的嫂子，也不吝溢美的讚揚，抄錄了幾首崔賢的佳作，並且遺憾這樣有才的女子卻只把精力荒唐在亂情耽愛之上。

看起來她嫂子未免也太閒。

只是那幾首據說是崔賢所作的詩詞……有些看起來非常眼熟。

「旋抹紅妝看使君，三三五五棘籬門。相挨踏破茜羅裙。

老幼扶攜收麥社，烏鳶翔舞賽神村。道逢醉叟臥黃昏。」

唐勤書張大眼睛，交代了一聲就疾步回自己院子。翻箱倒櫃之後，終於翻到一本老舊的手抄。這是她離開家唯一帶出來的東西。

這是屬於她的，祖母還在世時留給她的。因為這輩她是嫡長孫女。

據說祖母這脈是某個傳氏傳人的侍女傳下來，大概是政德帝時代的，諱名吉祥。雖然不是正式的傳氏傳人，卻有一些言傳身教留下來。

有些詩詞是抄自某個傳氏嫡傳，這首「挽溪沙」赫然在列。但也只是傳抄，真正的作者是個名不見經傳的「蘇軾」。

……難道崔賢是傳氏傳人？

這個猜測讓她很難接受。在幼年時祖母常說起傳承自母族的傳氏行誼，一直以祖上侍奉過傳氏嫡傳為榮，實在不願相信傳氏後人有這種行剽竊無恥之事的人。

說不定是巧合。唐勤書安慰自己。

但是五首裡有三首相符，她心底的預感越來越不好。

今天唐表弟的眼神非常不對，不對到不行。顏謹容悄悄的炸毛了。

「又怎麼了？」顏謹容的聲音逼緊，而且後背悄悄的冒冷汗。

「……沒什麼。」唐勤書不忍卒睹的別開頭。

騙鬼！什麼沒什麼，沒什麼妳需要這麼悲憫的看我嗎？悲憫得好像我馬上要死了！

但唐勤書再三不答，不管顏謹容怎麼逼問，她只是越來越哀憫，說，「今晚吃好的……表哥多吃點。」

就說了，她很不會安慰人。青梅竹馬被賣還為崔賢吐血，結果她那個將八卦當治學一般嚴謹的嫂子，入幕之賓的名單裡，居然沒有這個可憐的表哥。

而且還疑似是不肖傅氏後人。

這太悲哀了，悲哀到無從安慰了……只能埋首做菜。

結果唐勤書挑戰了一個不可能的任務。

從來沒殺過雞的她，殺了生平第一隻雞……事實上也沒殺死，半死的雞跳得半天高，滿院子亂跑，最後是顏謹容拔劍衝上去梟首，但是院子已經像是命案現場。

原來看似無所不能的表弟還是有不行的事——她不會殺雞。

「我來！」顏謹容抹了抹差點滴到眼睛的雞血，「以後殺雞我來。」

其實她只是有點心不在焉，再加上頭回殺雞業務不熟練。不過表哥已經太可憐了，所以她只是點點頭。

很難得唐表弟會做雞湯，果然不負等了許久的期待。這道香菇枸杞雞湯真是妙不可言，原本無肉不歡的顏謹容更是大快朵頤。

一般雞湯妙，往往肉就柴了，但是雞肉夠鮮嫩，湯就不夠火候。也只有表弟才有那耐心先拆雞架骨熬夠火候，才將川燙過的雞肉和料下去慢燉。

只是……枸杞會不會太多啊？她幾乎倒了一整碗。盛湯的時候老撈到枸杞。也不是不好吃，只是跟他以前吃的不大相同。

「……枸杞對眼睛好。」

她最想對表哥說，忘了那個有才無德的傢伙吧，下一個會更好……記得眼神不要那麼差了。但她實在說不出口。

只能主動的，幫他再加一勺枸杞。

時序推到仲夏，顏家表哥好似從痛苦的初戀中掙脫出來，顯得平靜多了。

但是換唐勤書有點痛苦。

因為顏謹容把精力轉到她身上，想方設法要讓她脫胎換骨當才子……才女。

不得不說，在文人非常不好混的大燕朝，顏謹容自虐似的讓別人覺得混不下去。原本唐勤書覺得老上司彭大人已經是文人界多才的翹楚，誰知道跟顏家表哥比起來還只在啟蒙班。

禮樂射御書數，不好意思，只是基本配備。顏大才子擅長吟詩填詞，號稱小詩仙。就是醫學上欠缺……他是那種摸不出脈門的人，所以小有缺憾，但藥典起碼也有十來本在胸。

雅好金石，並且專精。這金石，指的是古董。顏家號稱三百年積蘊，子嗣不豐，累代的好東西多不可數。金石之學，在顏家是家學淵博，他還是青出於藍勝於藍的那種。

丹青書法都算小兒科了，他原在京時就千金難求一墨。更糟糕的是，他還雅好篆刻，時下文人以擁有芙蓉公子印為榮。

文已經要逼死人了，武更不讓人活。他的武藝，大概就是免試可以直接徵辟進羽林軍替皇上看大門，只是志不在此而已。

被折騰得想打人的唐勤書為什麼不用腰刀直接給顏家表哥一點教訓……因為連他們祖傳的唐家刀法，日夜勤學的唐勤書只會半套，更用功的親哥哥學了三分之二，只在他們武學塾混了幾年的顏謹容，早學全了。

所以會有天妒英才這句話。事實上真沒有比天才還討人厭的傢伙。

在發現唐表弟連韻腳都一場糊塗，對詩詞完全沒有任何靈慧。算學上頂多就能四則運算和植樹，日高與七衡※就讓表弟直接崩潰了。

不得不承認，表弟長於實務，該會的都會了，但什麼都不精，簡言之，資質平平。

最壞的是，還一點興趣都沒有，顏謹容覺得很苦惱。

她最有興趣的居然是《新編大燕律全集》和《封診爰書》（歷代驗屍實錄）。

※古代算學包括天文曆法、幾何學（日高）、圓周計算（七衡）、加減乘除的四則運算，以及類似實務應用題的植樹等。

這種愛好距離崔賢的才女路線太遙遠。

他願意讓表弟剽竊自己的詩詞，反正於他而言，這些詩詞像是湧泉隨手可得，隨便用吧……可是表弟對他翻白眼。

她最有天賦的居然是做菜。但是做菜只能當御廚，對當官一點幫助都沒有。

你可以說顏謹容由愛轉恨……一小部分，絕大部分覺得不公平。仔細衡量吧，唐勤書才是真正在當女吏而不是沽名釣譽，憑什麼她被發配窮鄉僻壤，崔賢卻能在京中妖言惑眾。

太不公平了。

如果表弟願意，他可以傾盡全力打造一個真材實料的「唐錦文」。但是一整個月都不肯做飯的表弟終於讓顏謹容改變主意了……只能期望她成為另一個「小唐大人」。

過完整個夏天，顏表姊……表哥和唐表弟……表妹的戰爭才平息下來。

唐勤書的意志太堅定，顏謹容的胃卻太不堅定了。

最後彼此倒退一步（？），顏謹容開始啟用「過目不忘」的技能讀《大燕律》和《封脈爰書》，給記性沒那麼好的唐勤書當有聲百科全書。作為報答，唐勤書親自選擇堅木雕刻成印材，給手頭非常窘迫的顏謹容過過篆刻的癮。

——每月只有十兩銀子薪俸的小主簿，是沒錢買任何印石……眼光太高的表哥，瞧上的印石不同凡響，價格也很華麗。

*　*　*

在蟬鳴的最後聲響，剛下衙回來劈柴的唐勤書，拎起一根紋理細緻的木頭，端詳著能不能解出幾顆印材讓顏家表哥過過手癮。

淡淡的香……莫非是某種檀木？

就在此時，明明離院門很遠的她，卻聽到一聲溫和卻清晰的聲音，「小唐大人。」聲音熟悉又陌生。而且，每每要喊人，大夥兒早就知道要扯著嗓子大喊，不然可能聽不到。

不是每個人都能養得起門房，而她距離世家豪奢的生活已經很遠。

這樣柔和，卻這樣清晰。

她詫異到拎著手裡的木頭出去探看，驚訝得眼睛瞪得圓圓的。

只有一個人會喊她「小唐大人」。看到她的那一刻，天特別的藍，風特別的柔，世間萬物的聲音，特別清晰溫柔。

像是，登泰山而小天下。這種莫名其妙的感慨。

「……元道長。」

這位名為元貳參的少年道姑笑了，接過唐勤書手裡的木頭，「呀，水沉檀。小唐大人備這樣的大禮怎麼好意思，卻之不恭，我倆果然有緣分，心心相印呢。」

「…………」

每次見面都會被元貳參戲弄。雖然說，元貳參總是說，她沒有那種意思，一切都是緣法。

事實上，真正跟元貳參熟識的，是她的老上司彭大人。還在山溝縣時，受困山村，在道路斷絕的情形下，是元貳參帶著彭大人接她下山的。

到現在她也還沒明白，元貳參是怎麼從陌生又危險的山區中找到安全的路。她也不懂為什麼元貳參特別喜歡她，頭次見面就要化她出家。

唐勤書沒有答應，元貳參只是可惜的嘖嘖幾聲，「這樣好苗子，可惜了。是大燕的損失，也是大燕的福分。」

坦白說，她從來沒聽懂元貳參那些莫測高深似是而非的話。

但是彭大人對元貳參非常禮遇、恭謹。她原本懷疑老上司為什麼對個神棍這樣，有回說漏了嘴，說他和元貳參在少年時就結識。

……怎麼可能呢？彭大人都奔五十的人了，可是元貳參看起來跟她差不多大。

可她也無法解釋，靠近元貳參就有種奇怪而舒適的氣氛。每次她情緒低落的時候，就會學著元貳參的模樣抬頭看雲……心頭的烏雲就會因此洗滌。

見沒幾次面，卻令人印象深刻，很難忘懷。

「元道長怎麼會光臨寒舍？您見到彭大人嗎？」或許是彭大人告訴她落腳處。

「哪需要小彭子，貧道掐指一算就是了。」元貳參半真半假的說，最後噗嗤一笑，「其實我也不知道來做什麼……現在還不知道。」

「表弟！呃……表妹。」跑過來看動靜的顏謹容戒備的看著元貳參，「有客人？」

向來淡定遊戲人間的元貳參，瞪著顏謹容受到莫大驚嚇般，「現在我知道了。」

一直以士大夫自居的顏謹容非常不喜歡三姑六婆之一的道姑元貳參。

毫不客氣的說出來，「在道之後，萬物之前？口氣未免也太大。」

元貳參撫掌大笑。「不同你說，不同你說。」她頓了下，轉為苦笑，「我會心軟。」

唐勤書也笑了。果然表姊是才子……不不不，表哥是才子。彭大人說了，她才知道元道長名字的典故。

道生一，一生二，二生三，三生萬物。出自老子道德經。

奇怪的是，顏謹容跟元貳參交談幾句後，那種不喜歡就會暫時泯滅。等元貳參親手煮了一頓素齋，終於讓他實在討厭不起來，甚至相談甚歡。

元貳參並不美。一個道姑卻梳著雙丫髻，顯得年紀很小，穿著窄袖道袍，喜歡將雙手袖在袖中，很痞的舉止看起來卻分外灑脫。

但她的容貌……只能說五官各就各位，沒有什麼地方長錯，異常堅守的平凡。鼻樑有點長，讓她的臉孔看起來像是微笑的貓。

可還是有種本能上的警惕和古怪感，知道表弟居然留元道長過夜時，他攢緊好看的眉，有種忐忑和不放心。

唐勤書再三保證元道長雖然是個神棍，卻善良無害，他才再三叮嚀回自己院子。

元貳參嘆氣，「我就不該來。好奇心害死人。年少時覺得自己無所不知，年紀越大知道得越多，反而覺得自己知道得太少。」

唐勤書沒有說話，只是斟了一杯茶給她，撿起針線繼續。生活無能到無助的顏家表哥，中衣快洗爛了，卻死活不肯穿外面做的，說貼肉的衣服沒辦法容忍。大娘抱怨不能補了，她不得不替他做幾件。

一面喝茶，元貳參一面嘆氣。「妳不用替他裁衣，他穿不到了。」

她腦筋還沒轉過來，已然寒毛豎立，雞皮疙瘩一粒粒的爬起來。

聽起來好像顏家表哥活不久。

「也不是。」元貳參像是知道她在想什麼，「再沒多少時候，或許妳不想替他裁衣。不要浪費精神和情感。」

「他鄉遇故知，而且還是親戚。這情分上裁幾件衣服沒什麼。」

元貳參的神情越發苦惱。沉默了好一會兒才說，「妳想過沒有，若是公子扶蘇沒自刎，說不定秦不會兩代而亡。那麼接下來的朝代，就不可能是漢了。」

她一直知道元貳參有點神神叨叨，事實上，唐勤書搞不懂，為什麼被山坡移體與山洪爆發弄得柔腸寸斷的山道，原本怎麼都築不起來，她做場法事就一切沒問題。

每個來幫工的都像是大力士附身，連村婦都能輕鬆扛起近百斤的石板，進度飛快，而且不再泥濘得無法修築。

或許她沒有真心把元貳參當成神棍。

「但公子扶蘇還是自刎了，秦兩代而亡，劉漢繼統。」她仔細思考後還是慎重的回答。

元貳參神祕兮兮的湊近，「不是。那是因為傅淨沒降臨在公子扶蘇的身邊。若是有傅淨輔佐，大秦五百年國祚跑不掉。」

傅淨是誰？唐勤書想了一下才明白過來，凰王傅氏，一直沒在正史留名，幾乎被歸為稗官野史被遺忘了。

「秦與燕隔幾百年呢。」她覺得這樣的假設很好笑。

「我知道妳覺得好笑，事實上卻只是白駒過隙……」元貳參靜了靜，「假設，公子扶蘇有類似傅淨這樣的輔佐者……比方說是傅姬，扭轉了秦兩代而亡的厄運。事實上這是奪天地之命數，堪稱逆天而創的歧途。」

唐勤書越聽越迷糊，「那會怎麼樣？」

「其實不會怎麼樣。若是被正史所承認，終究會平衡而成道。」

或許應該讓顏家表哥來聽。「我聽不懂。」唐勤書坦承。

「沒關係，我只是想說說，憋著難受。」元貳參又嘆氣，「天道者九，逸去者一。其實天道並不無情，總有餘地。歷史歧途能夠被容忍，雖然逆天者未必有好下場，卻不能被抹滅。

若是被湮沒……這個歷史歧途就會成了自己都不承認自己的不穩定。該死的人沒死，不該死的人卻死了。世間人都是息息相關的，天道總會漸趨平衡，為了不造成更大的缺口，就只能讓一些該死的人再活過來……只是再活過來的人，就不是原來的人了。」

唐勤書的指尖都涼了，捏著針的手微微發抖。她實在很難說聽懂了幾成，但細想卻越來越頭昏，越來越可怕。

「……這樣的人，大燕有多少？」

元貳參緘默了一下，「二十三……二十四個。但也僅止於此了。文昭帝要替傅淨正名於史。」

「不可能。」唐勤書終於感覺輕鬆些了，「邸報根本沒有提到一絲半點。」開玩笑，這是國之大事好吧？這種大議恐怕要討論到地老天荒，現在還有一堆老臣想復辟男帝，怎麼叫他們能承認大燕有一半兒算在凰王手裡？

元貳參長嘆一聲。

事實上，沒有傅淨就沒有大燕。她親眼看著大燕誕生，也會一路看到最後。都是該死的好奇心……她認識傅玉蓮，但幾年後就性情大變，成為傅淨。

只是她也不過是個普通的修道者，既不會騰雲御飛劍，也不會縮地術。雖然能推算出有多少來自異界起死回生者，但總是含含糊糊，往往追到的時候已經得從後人口裡印證。

那天睡下後，元貳參對自己笑了一下，「道之後而萬物之前嗎？名字往往表達的只是希望。我還遠遠不及啊。」

一大早沒看到元貳參，以為她不告而別。

「高人」嘛，總是行事縹緲難以捉摸，所以唐勤書只是笑了笑，自去官衙點卯了。

顏謹容遇到她，很不放心的問半天，知道元貳參走了，很明顯的鬆了口氣，「我總覺得她有點怪怪的。」

「喂！」

說話是很莫測高深，其他是還好。「她做過最怪的事情是想度我出家。」

「我還在吃官餉。」唐勤書並不放在心上。

這年秋收顏謹容並沒有跟著出巡，因為水利逢大修年了，需要探勘。他們倆討論過某個河拐彎附近有問題的渠道，確定沒有計算錯誤，那應該是測量錯誤或工程錯誤。

今天顏謹容決定去瞧瞧，離縣城不遠，騎馬不過半個時辰。

唐勤書的心微微跳了一下。

「帶些人去吧。」她皺眉，「最少有人搭把手。」

顏謹容指了指少了大半的官衙，「都奔秋巡去了，再抽人官衙都空了。行了，測個渠道而已，何必勞師動眾。」

「別靠水太近。」

還是覺得有點心神不寧。一定是聽了太多元貳參的胡說八道。

「嘿，」顏謹容笑了，「今兒個妳像表妹了。」

在唐勤書抽起帶鞘刀之前，顏謹容已經飛逃出去，「秋燥我想吃蛤蜊冬瓜湯！」

「呿，」唐勤書自言自語，「還點菜，誰理你。」卻還是託採買的大嬸幫忙買菜。

忙到近午時，元貳參走進來，站在她案前。

理論上是不可以的，官衙不是誰想進來就進來，必須跟門房通報。周圍的人卻連看都沒看元貳參一眼。

她嘆氣，「裁衣是白費，燒湯也是白費。」

唐勤書驀然站起來，後背冒起一層毛汗。鬼使神差的，「既然是白費，道長為何會在此？」

元貳參呆住了。因為心血來潮，好奇跟唐勤書是怎樣的緣分。既然有緣分，為什麼非常淺。

唐勤書卻沒有發呆，她跑向馬廄，牽過她的大黃，立刻奔往河拐附近的渠道。

她的騎術是一等一的好，卻沒想到元貳參追過了她。瞥了一眼，她覺得腦門一炸。元貳參騎的是匹白馬，通體沒有一根雜毛。但這不是最怪異的……連四個蹄子都是雪白的，馬蹄不揚塵。

慘了。難道表哥真的要出事？如果掉進水渠裡……那水渠雖然不寬，水流卻很湍急，這個時節還是站不住腳，已經填了不少性命。

來得及嗎……？

心跳幾乎跟急速的馬蹄同頻率，她的臉瞬間雪白。如果真如元貳參所說，救起來的顏謹容再也不是顏謹容……如何是好？

該死的人再活過來，但再也不是原來的人。

可是只有她知道，別人都不知道。嬌氣的表哥，在誰也不知道的時候，死了，換一個不知道是誰的魂魄。

元貳參說這是天道，不是人力可為。

那豈不是連怨恨都不知道該怨恨誰嗎？

她心裡很亂，想哭的感覺，久違的出現了。

萬一的時候，其實也不能做什麼吧？總不能殺了他，甚至還得當個親戚一般禮數周全。

只有一點她確定。她絕對不會給另一個顏謹容做飯，更不會替他裁衣。

看到顏謹容安然無恙的站在河灘邊，天陰了下來，遠遠滾著雷，絕對不是好天氣。但是唐勤書的心情卻很晴朗。

她滾鞍下馬，跑向顏謹容，他一臉詫異，「表弟，湯好了？我以為晚膳才吃得到。」

還是那個娘氣的表姊……不不，表哥。

元貳參卻快他一步抓住顏謹容的胳臂，死命的將他拖往泥濘的河灘。

「妳幹什麼？」「住手！」顏謹容和唐勤書雙雙驚呼。

元貳參不耐煩的喊，「我在救他！妳說得對，我會在這裡一定是有緣故的……馬的就是孽緣！」

顏謹容的武藝甚佳，卻沒辦法掙脫元貳參的桎梏，交手之後卻是被踹在河灘和河的交界跪下，元貳參按著他的腦袋，伸手撈了一把河泥，胡亂的塗在他額頭上，一面對跑過來的唐勤書吼，「離遠點！蹲下！」

唐勤書想問，轟然一聲霹靂，雷聲炸得耳鳴。什麼聲音都聽不到，只有接連不斷的怒雷。

她撲過去跪在顏謹容身邊，元貳參罵了一聲，又用河泥在她額頭塗了一遍。

暴雨雷鳴，雨點又重又大，打在身上生疼，而且冷，非常冷。唐勤書偷偷抬頭，那轟然的雷幾乎不離他們左右，若是站著可能就被天打雷劈了。

除了雷聲雨聲，聽得到的只有元貳參喃喃的誦念聲。但念得太急，聽不太懂在念什麼。

「低下頭！抵著地！」元貳參喝道，「……不行，把鞋子給脫了，頭髮披散下來！」

顏謹容和唐勤書照做，顏謹容已經不掙扎了。因為，即使額抵泥沙，後頸的毛髮都豎了起來，雷聲越來越大……或說越來越近。

他雜學甚廣，知道這是「塗泥炭齋」，需要散髮跣足額塗泥炭跪地謝過。這原本是五斗米道的塗炭齋，一直以為只是裝神弄鬼的愚民之作。

結果他跪在狂暴雷聲下，以此乞命。

但是冷，越來越冷。初秋而已，卻像是在下冰渣子，那種寒直侵到骨髓。

「別抖。千萬別。忍住。」元貳參咬牙道，「忍到午時三刻就好了。文昭帝午時三刻傳旨天下為傅淨正名！」

就像雷雨來時那麼突然，雷靜雲收也不過幾個呼吸間。沒多久，秋老虎開始發威，烈日當空，像是從來沒下過雨。

若不是他們三個滾得像泥猴似的，真覺得剛才不過是一場夢。

唐勤書和顏謹容的馬雖然受了驚嚇，卻沒有跑很遠，一會兒就找回來。但元貳參的白馬不見了，地上只有一張潮糊的白紙，剪成馬的形狀，小小一個。

「不要問我。」元貳參吐了口血，整個人蒼白得發青，「我還不想死。」

她發誓再也不要那麼好奇了……天知道她只是想親眼目睹借屍還魂的瞬間，沒想到最後是了結了和唐勤書淺薄的孽緣。

謝天沒有第二次。

那天顏謹容和元貳參都喝到唐勤書親手煮的蛤蜊冬瓜湯，連沒好氣的元貳參都緩和了，「小唐大人進步真多。我記得上次吃妳做的還是夾生飯。」

憔悴又狼狽的表兄妹勉強彎了彎嘴角，受到太大的驚嚇，實在沒力氣說話。

吃過那頓飯，元貳參說什麼也不肯住下，蹣跚而堅決的跑去縣郊的慈雲觀掛單。然後，說內傷太重，拒不見面。

兩個月後，替傅氏正名的聖旨終於傳到桃源縣，日期正是他們挨雷劈那天。而且確是午時三刻。

這是他們各自寫家書回去求證的。

他們再次感覺到毛骨悚然的威力。

最後他們求見元貳參，但在聖旨傳達到桃源縣的那個時刻，她已經跟觀主辭行，就此飄然不知所蹤。

* * *

《神異十記》，不管是博學多聞的顏謹容還是偏才得厲害的唐勤書，都耳熟能詳。

這是一套十本書，蒐羅自大燕開國以來的神異怪談，本來只是鄉野話本，版本眾多，後來是紀相國晏致仕後蒐羅潤稿刪蕪存菁的作品。

當中最常出現的，是一位常道長。斬妖除魔，施藥治病，安撫天地，嫉惡如仇，是個個性很鮮明的神仙人物。

但是有個常被忽略的段落，就是常道長總是攜妹（或婢）而來，妹（或婢）的形容往往是很簡單的「貌如貍」、「若貓笑」。

那個笑容如貓的妹或婢，會不會是元貳參。

因為，唐勤書的老上司聽說元貳參來了，來信問候元貳參和「常師兄」。

後來唐勤書和顏謹容養成了和親朋交換府縣志的通信習慣，試圖追尋元貳參和奪舍之人的蛛絲馬跡。至於後來成為愛好，甚至有了同好會和變成專家，那還真是始料未及。

但在這個冬天，還只有顏謹容在閩地的同窗寄來的一本唐山縣志引起他們的注意，並且熱烈討論。

提起這個人，真是赫赫有名，戲曲裡「浪子回頭」和「火燒東海」講的都是同一個人，閩南侯謝子瓔。這位實在活得太精彩，據說二十二歲之前根本是個無可救藥的浪蕩世家子，號稱五毒俱全。結果被打破腦袋，暈死了過去又被救活後，突然像是變了個人。

雖然科舉非常讓人啼笑皆非的，是個倒數三元及第郎，但是在唐山縣當縣令開始，爆炸性的發光發熱。當時閩地海盜盛行，民不聊生，這位縣令大人不但將海盜打得頭破血流，大燕的水師從他手上始建，最後甚至能自給自足……成為打劫海盜的海盜。

到他五十幾歲的時候還站在船頭，迎戰盤據東海最大股的海盜，據說一箭射死了自稱東海王的盜首。

明明是由科舉入仕的文官，卻建立了赫赫武功封侯。直到現在，大燕水師的編制依舊是按照他始建的《海軍概要》，海盜也一直都不是大燕需要操心的問題。

「妳相信嗎？」顏謹容揉了揉額角，「這個浪子回頭也太過頭。」

唐勤書沉默，「你要懷疑他，不如懷疑凰王。」

「凰王不必懷疑。」顏謹容沒好氣，「照元貳參說的，她就是。」

真奇怪的感覺。大燕朝居然有二十三個移天轉運的奪舍之人。甚至於開國有大功的凰王都是其中之一。

「所以他們都是身負天命麼？」唐勤書有點頭昏腦脹。

思考了一下，顏謹容搖搖頭，「我覺得不是這樣。只是他們應該是有一定影響吧……」

他安靜下來。

崔賢和他會突然要好起來……是因為他們倆一起落水過，結果他只嗆了兩口水就被撈起來，但崔賢被救上來時已經死了。

顏謹容覺得都是他的錯。所有的人都急著救他，卻沒注意到還有個小姑娘也落水了。

他多麼害怕和自責，那個蒼白的小姑娘躺在那兒溼漉漉的，再也不會醒過來。後來崔賢活過來，他高興得快瘋了，沒有在意她的性格大變。

那年他們七歲。

現在想起來，哪個小姑娘會捏別家小公子的臉，會偷親，會抱人，滿嘴輕浮的調戲。他應該早感覺到不對的。

如果是原本的崔賢……他還會喜歡嗎？他還會為了她，連進士都不考的跑來桃源縣嗎？

她有沒有影響我的命運？或者，她影響的不只是我的命運？

許多思緒紛湧而來，顏謹容臉色蒼白的晃了晃。

「表哥？」唐勤書擔心的扶了他一下，然後，笑了。「何必杞人憂天。該發生的早發生過了，思考再多，也不能改變什麼啊。」

她最不喜歡糾結了。就算發生了那麼多的異事……「終究顏家表哥沒變成第二十四個倒楣鬼。」

笑容和煦而篤定，讓顏謹容運作過度的腦袋冷靜下來，原本冰涼的胸口，感到溫暖。

糾結和驚嚇，也是需要時間的。還沒能慌亂多久，臘月前結算又要了人命了。

唐書辦不須提，一起頭就被歸到戶曹去賣命。這年秋天顏主簿能安然的在縣衙坐鎮當然不是為了別的，而是年底結算得乖乖奉獻他那卓越的算帳能力。

於是整個縣衙再次陷入綠豆幾何折糧幾何又折銀幾何的悲慘歲月。

比起前年可怕的大豐年，這年也就收穫平平，理論上不會太辛苦。可今年就是個多事年，入冬不要錢的飄大雪，結果好了，雪災了，縣衙都被雪壓塌了幾間棚子，民間的災害更是不可計算。

戶曹以外的，幾乎傾巢而出。沒法兒，在慕容掌櫃手底下討生活苦啊。天然災害吧，文昭帝不會說什麼，但是沒有救濟行動，那就很有什麼……因為濟災不力被送去長白山伐木或海南島過漁獵生活的官吏真的很不少。

於是整個縣衙忙亂得不成樣子，奔進奔出。但這種凍死人的天，一凍一暖，又聲嘶力竭滿身大汗的救災，倒是處置得當沒有傷太多百姓，但是整縣衙官吏開始了時疫（流行性感冒），一來二去，整個縣衙都染上了，咳嗽噴嚏聲此起彼落，卻不敢鬆懈的抱病從公，直把縣醫折騰的夠嗆。

押糧官都臉色鐵青邊咳邊上路，縣衙裡的官吏也陸陸續續的躺下，只有少數身強體壯的還能撐著辦公。

說來奇怪，顏主簿居然是劃在身強體壯那堆，反而是被戲稱為表弟的唐勤書倒了。

顏謹容摸不著頭緒，唐勤書卻是有苦說不出，只能默然。這波時疫來勢凶猛，原本她應該能扛過……誰知道大姨媽來訪，正是身體最虛弱的時候，於是躬逢其盛。

起初她也沒當回事，就是喝了幾天縣醫的藥，不過微微有點發燒，嗓子有些疼罷了。結算和濟災事務壓著，她憋著一口心氣還不覺得，等事情都落定了，這口心氣鬆了，還想著要做飯時，蹲下去燒火，想起身時眼前一黑，軟軟的溜到地上起不來了。

爬牆過來幫忙的顏謹容冒雪抱著一捆柴，看到倒在地上的唐勤書，差點驚走三魂七魄，滿懷的柴都灑了，奔過來叫喚著，只見唐勤書眼皮顫了顫，卻睜不開。

這時真沒想到什麼男女大防，只能將她一把抱起來往主屋走。發現她真的是……意外的輕，而且瘦。

「折騰什麼啊。」顏謹容一陣心酸，「女孩子家家瞎折騰什麼……好好養在家裡不好？叫妳表弟妳真以為自己是男子漢了？」

結果他還繞了一會兒才找到正房。這可能是不知道哪個官小姐的繡樓吧，灶房離小姐住的繡樓還有段距離，當中還有個花籬擋著，坦白說，爬牆過來吃飯這麼久，他還沒來過唐勤書的住處。

一看，更心酸。繡樓已經不算大了——顏唐兩府下人住的都比這堂皇——結果為了省柴，表弟還住在耳房，可能是下人上夜的小房間，就圖炕小不用費柴火。

整個屋子跟雪洞一樣，什麼擺設都沒有。炕上就一套折疊起來的素青被，窗下的桌子擺了一套粗瓷茶具，那桌子，只上了一道清漆，也斑駁了。

這過的是什麼日子。

「妳說妳圖什麼？」顏謹容抱怨，趕緊的展開被褥，趕緊的讓唐勤書躺進被窩，忙著先把炕給燒起來。

這時候就感覺到身邊沒個下人有多不方便了。這個時間，小乙和黃嬸子都歸家了。現在他想去找個大夫，卻又不敢把表弟扔著。

急出一額汗，他看唐勤書面帶霞暈，摸了摸額頭，燙手。

定了定神，他開始回憶唐勤書最近用的是哪些藥。

還別說，他雖然把脈打死學不會，但醫理還是非常天賦異稟頗有些門道。至於幾張藥單過目不忘，只是小菜一碟。一路理順下來，也知道唐勤書沒什麼，就是時疫加上勞累過度，虛損了。

藥吧，還有。只是這個發熱，真的得降溫才行。

然後他就為難了。表弟終究不是真的表弟，是真的表弟還就簡單了。

他決定先去找黃嬸子……結果門一開，他嗆了一口風雪，伸手不見五指，狂風大作，雪珠子砸得眼睛都睜不開。

連去灶房找藥爐子都差點摸不著路，這要怎麼出門才好。

坐在燒得迷迷糊糊的唐勤書旁邊看著藥爐，顏謹容真是發愁。站起來轉了兩圈，一咬牙，這也沒辦法，終歸他絕對不會說出去，傷了表弟……表妹的閨譽。

比起閨譽來說，命總是比較重要的。

他有點笨拙的拿起布巾擰乾了，幫唐勤書擦拭著臉，手心。手有繭也認了，這臉都被風吹得粗了，怎麼這麼遭罪啊。也不拿點膏子擦擦……沒有也不知道問一聲，表哥有啊。

擦到下顎，遲疑了一下，他還是乍著膽子擦脖子和後頸，可憐都是冷汗。

其實他手心也都是冷汗，而且非常緊張。他到現在也快二十了，從來沒有跟女人親近過。從小他滿心裡都是崔賢，哪怕他對哪個丫頭軟聲說句話都能跟他鬧半天，他也就對任何女子都敬而遠之，甚至傳出不好聽的傳言。

崔賢希望一生一世一雙人，那也沒什麼辦不到的。誰讓他滿心都是她呢。

倉皇出京，桃源縣真的太偏遠，青樓的檔次也太可怕，即使崔賢讓他傷透心，他也不至於在這種貨色身上賠掉自己的清白。

但他畢竟是血氣方剛的青少年，和女孩子這麼親近難免會臉紅心跳，有些遐想。覺得很不應該，卻沒辦法控制。

只是他發現「表弟畢竟是柔軟的表妹」這樣的綺思，卻在他擦拭到後頸的時候灰飛煙滅。

在頭髮裡，有條很長的疤，就在後腦勺。

他的指尖顫抖了。

仔細想想，一個只有十四、五歲的少女，孤獨的去山縫子當女吏，哪裡會只有履歷上的幾行艱險。

被傷成這樣的時候，她一定很害怕，很無助吧。

唐勤書動了動，眉頭緊緊的蹙起來。

俯瞰著她的臉，顏謹容覺得自己的心猛猛的抽了抽，又疼得沒一處好。

最後他將唐勤書喚醒，她的眼神脆弱而水潤，很安靜的看著他。發熱病弱抽掉了她的武裝，就這樣平靜得令人悲傷的看著他。

這樣脆弱。好像不認識他。

「沒事。」顏謹容放輕了聲音，「喝一點米湯，然後吃藥好嗎？」

唐勤書覺得自己還在做夢，腦袋很不明白。她盯著顏謹容好一會兒，才認出是顏家表哥，但不太懂他說什麼。

她很想說，這米湯燒糊了。但是表哥的表情太悲傷，腦袋又痛得渾沌，所以她一勺一勺的喝下去。

藥熬太久了，好苦。但她也迷迷糊糊的喝下去。

一切都如在夢中。

顏家表哥的眼神很溫柔、關切，而且……似乎很傷心。

是不是因為我病了？

「我不要緊。」為什麼聲音這麼嘶啞？

顏家表哥似乎更傷心了。他伸出手……輕輕的摸著她的頭，說。

「不要怕，不要怕。」

她很想說我不怕，但心裡一酸，眼淚卻不知道為什麼流了出來。

遞了帕子給她，看了看時辰，雖然滿滿的心疼，卻不得不說，「表弟……等等黃嬸子就來了。記得啊，別說我來過，女孩子的閨譽，是頂頂重要的。」

閨譽。

沒想到還有人在意她的閨譽。

雖然沒人明面上說，事實上對混在男人堆裡的女吏，大家都覺得那是不要閨譽的。要不然不會有那麼多女吏只窩在縣衙當文書那般千金養了。

沒有背景、沒有家族支持庇護，又在外面跑。難怪會有那麼多混蛋對她下手。

反正不要閨譽，所以可以輕賤。

但是她怎麼可能不要閨譽，那是自尊。她終究是唐家女，是累代世家，飽讀詩書禮義教養出來的女子。

所以她才會一點一滴的拋棄女子的嬌柔和身分，活得像是個假男兒。只有這樣才能撐起自尊和威儀，捍衛自己的閨譽。

她摀著帕子低低的哭了一場。黃嬸子憂慮的問時，她只說生病得難受。

傍晚顏謹容又跟做賊一樣爬牆過來，跟賊不一樣的就是他還知道敲敲門。

唐勤書已經退燒了，只是有些疲倦，聲音很沙啞的問，「顏家表哥來作啥？」

「吃了沒有？」顏謹容一臉擔心，瞥見放在桌上的晚膳，「……黃嬸子據說數十年如一日，做菜從來沒進步過。」

忍了忍，還是沒忍住，「除了糊糊，她到底會不會做……其他食物？」做飯是糊的，炒菜也是糊的……不對，他根本不承認那是菜。

唐勤書被他逗笑了，結果引來一陣大咳，原本如火燒般的喉嚨更疼了，「沒胃口。」

「我就知道。」顏謹容嘀咕了一聲，拿了個紅泥小火爐就忙開了。看起來，似乎是要用瓦罐熬粥。唐勤書覺得有點好笑，但是願意動手總是好事，也就水米比例指點了下，告訴他不要一直攪拌，只要在水開之前不讓米沾底就好了。

但是看了一會兒，她覺得有點不對。在屋內用炭盆，沒道理沒點煙氣。

那是……銀絲炭吧？

這簡直是奢侈品中的奢侈品，這種不生煙的炭之貴族，在京城當然沒什麼，但在桃源縣，連縣令大人都捨不得用……簡直是拿銀子去燒。

唐勤書震怒了。

是否給他零用錢太多，多到拿來扔爐子燒了？不過是病了幾天，這傢伙就缺乏管束上房揭瓦了……

「你！」結果立刻岔了氣，差點把肺給咳出來了。

顏謹容飛快的扔了扇子，拍著她的背，「表弟！表弟妳沒事吧表弟？妳別死啊！」

好不容易順了氣的唐勤書立刻再發火，正想質問他哪來的本錢這麼敗家的時候，看到他腰際空空盪盪，從不離身的玉佩不見了。

順著她的眼神看到自己的腰，顏謹容乾笑兩聲，「當了。」

看唐勤書的臉再次變色，他趕緊解釋，「身體才是最要緊的。都病了怎麼還能熏煙氣？別的我不成，煮個粥熬個藥總是可以的，這個真的不費很多炭。再說晚上妳總要有人照看……」

其實是真不放心。整個白天，他心都是懸著的。他也跟黃嬸子問能不能守個夜什麼的，但是黃嬸子的兒媳快生了，白天能來已經很好了。

還是自己來吧。交給別人他也不放心。也沒想到，銀絲炭是這樣的貴。在京裡的時候，隨便愛怎麼燒就怎麼燒……真是在家千日好，出外一時難。

差點就被半袋炭給難死了。

結果唐勤書眼神渙散的看著他，眼睛紅紅的。

「噯，妳別哭啊。」顏謹容慌了，「不就是個玉佩嗎？妳快點好起來才最要緊。」

其實粥煮得失火候，遠遠不到她的標準，都快變成撈飯了。只是白粥，應該沒有味道才對。

她卻覺得有點甜，而且有點酸。看著歪在椅子上打瞌睡的顏謹容，她覺得一定是病了的緣故，動不動就想哭。

唐勤書本來底子就好，沒幾天就痊癒了。顏謹容很開心，表弟對他越來越好，還跟他討了當票去贖玉佩，也沒罵他，更開心，只是不知道為什麼。

雖然說雪災已經過去，年關也近了。但是還有一大堆後續要收尾，整個縣衙還是苦著臉忙碌不堪。

這場時疫折騰的整衙人夠嗆，抱病從公的還是一堆。像唐勤書幾天就沒事人似的進進出出還是少數中的少數，大部分都有氣無力的纏綿虛弱，食欲不振，中午的大鍋飯總是沒什麼人吃得下。

自己也大病一場，唐勤書表示非常同情。最後是拿自己的官糧換了珍珠大白米，指點廚娘煮粥，貢獻了自己醃的醬菜。

唐勤書就是那種「別人的醬菜是真正的醬菜」，原本只顏謹容有這榮幸能夠吃到。她對廚藝本來就是屬於天生靈慧的那種，對於鄉野醬菜都一味死鹹非常受不了，一直致力於改善，終臻化境。

顏謹容最喜歡糖醬瓜和醃辣椒。糖醬瓜那是一整個脆，甜鹹比例完美，嘎繃嘎繃的能狂吞兩大碗粥。醃辣椒那就是過癮，又辣又鮮，吃得人滿頭汗眼睛紅，光有這個他都能扒兩碗飯。

結果本來都是他的福利，現在被貢獻了。他心底那個酸和驚怒啊，沒法提了。只是為了撐氣度，只能拚命吐納和運氣，指望同僚喊一聲不合胃口……

怎麼可能。

被時疫折騰得奄奄一息的同僚，被唐官娘的廚藝徹底征服。大米粥養人，醬菜不同凡響啊！吃飯時搶得，顏謹容都要勃然大怒了。

誰知道讓他更發火的事情還在後頭。

幾個年輕的同僚偷偷的談論他家表妹。

這個還真不能怪這些青年同僚。之前當然知道唐書辦，也不是沒見過她穿女裝的模樣。但是實在太高高在上，宛如天人，怎麼也沒想到對她有什麼心思。

美當然很美，在桃源縣是一等一的，敢說到府城也說得上數。氣質高華，斯文爾雅，那也不必說了。但是你看看，這個履歷，京城唐氏。好了，鐵鐵的世家女。

世家女啊！就算是旁系庶支，那也是世家女好嗎？在這些身世一般的小官小吏眼中，跟公主差不多好嗎？

你會對鄰家的姑娘有心思，難道能對公主殿下有心思嗎？

不一定是怕砍頭，而是氣質和底蘊在那兒，可遠觀不可褻玩焉！

但是唐官娘就會醃醬菜，會指點廚娘怎麼煮粥。而且是，那麼好吃。

這下子，九天仙女也有了煙火氣，整個和藹可親起來。又能幹又漂亮，廚藝好又會女紅……出得廳堂，入得廚房。

說不定……能夠想一想？不知道她定親沒有？

聽到這裡，面容淡然的顏謹容啪的一聲折了手底的筆。

這些混帳！一個個眼睛跟狼一樣！缺鏡子我一個人發一個銅鏡，你們也配我家表妹?!

他很想咆哮，只是咬牙死死的忍著，拚命吐納和運氣。

正想跟唐勤書好好溝通，嚴重的告訴她這些混帳的狼子野心時……縣令夫人破天荒的擺駕唐家表妹的院子，他有非常深重的危機感。

攀著牆頭忍到縣令夫人回去時，他立刻跳過牆，在灶房轉來轉去，直到唐勤書過來做飯。

「晚飯還沒做。」唐勤書溫和的說。

他忍了忍，發現根本忍不住，立刻單刀直入，「縣令夫人來是……」

「嗯，她就是來探個口風。」唐勤書笑了，「我沒想到居然還有人想提親，而且不只一個。」

堆柴裝忙的顏謹容，啪的一聲折了一個手臂粗的柴。

「我沒應。」唐勤書搖了搖頭，「雖然逃婚中，但我和姜家還有婚約。」

就是。就是啊。

原本無比憤怒和陰鬱的顏謹容，突然感到天地無比光明燦亮（明明天色漸暗），風這麼輕柔（都快過年了，很冷），開心得快要飛起來。

「今晚吃什麼？我來幫忙。」笑得那真是一整個春暖花開芙蓉千里。

但是過年前最後一次驛站送信，卻讓唐勤書完全震驚了。

她被退婚了。

拿著家書的顏謹容也雷得不輕。

榮華郡主要納儀賓了。

姜家公子姜尚追求榮華郡主，終於有情人終成眷屬。

唐勤書想，姜家公子的第三個庶子都出生了……跟榮華郡主的日子可該怎麼過。

顏謹容想，姜家公子的「好日子」來了。活該，誰讓你這樣對待表妹。之後才想到，這榮華郡主的警報終於解除……但表妹的擋箭牌也沒了啊喂！

他心情很複雜，不知道該高興還是著急。

他的著急卻莫名被解決了。

縣令夫人被縣衙一群青年才俊央著去探口風，結果卻令人非常沮喪。說到唐官娘會有婚約倒不令人意外，只是為何還獨身在外當女吏不回家備嫁？身邊只有個遠房表姊……不不，表哥照顧……

遠房表哥。所有人的目光朝向顏主簿。據說還是通家之好，打小就認識的。

看看，青梅竹馬兩小無猜，通家之好門當戶對。顏主簿來沒多久，唐官娘就同來桃源縣。這對遠房表兄、表妹雖然沒什麼郎情妾意，卻是妥妥的官官相護。

這還需要說嗎?!圍觀的同僚激動了。

哎呀呀，原來如此，瞞得死緊啊。說來也是，公開婚約，太羞人了，哪能朝夕相處啊，不如當尋常親戚處著。吏的調任比官員鬆動簡單，顏主簿來這窮鄉僻壤搏前程，唐官娘不捨來這兒當女吏……多柔情蜜意盡在不言中，比什麼花前月下公子小姐私奔來得大氣有檔次。

結果顏謹容被嗷嗷怪叫各種羨慕忌妒恨的同僚，硬凹去桃源縣唯一的酒樓狠敲了一頓竹槓。

明明沒這回事，但他笑的一整個雲淡風輕莫測高深。雖然他覺得自己很卑鄙，桃源酒樓在他眼中就是「乞丐的口味，宗室的價格」，但也沒妨礙他的好心情。

後來唐勤書影影綽綽的知道了這事，只是愣了愣，然後笑了。

說起來，她也並不排斥在同僚裡找個對象。在這窮鄉僻壤捱日子的官吏，通常是寒門出身。根基淺薄的寒門，其實還滿喜歡當女吏的媳婦兒。

想想吧，真的有抱負有理想的寒門官吏，娶個鄉下姑娘連交際都不知道怎麼交際，未來的官途怎麼走。但想娶個世家女，哪怕是庶女，那也是供不起的，更怕娶個沾惹妾室歪脾氣的花瓶。

所以女吏變成一個很不錯的選擇。見過世面，熟悉人情往來……就算是只在官衙做文書，起碼也熟練內部流程，會是丈夫的賢內助。

她也覺得寒門子弟是個好選擇。規矩不大，也能互重互敬。大約她想繼續當女吏，多半也不會被攔。

在寒門中，兒子當官、兒媳當吏是很有面子的事情，一家子吃官糧，都是朝廷命官，婆母與有榮焉，也不為難。

其實還真能考慮一二，總比被她那廢物點心的老爹胡亂拉出去配人強。瞧瞧，她被退婚了，老爹只寫了四大張信紙罵她，覺得給他丟臉了，一句安慰也沒有。

她並不覺得比同僚好到哪去，可顏家表哥這樣故弄玄虛的斷別人念想，把她看得這樣重……又好氣又好笑。

罷了。反正被退婚了，一兩年內她那糟心的老爹就是想隨便配都找不到人——被退親的姑娘總是比較掉漆。

再說吧，她那廢物點心的老爹真給她找什麼不堪的婚事……她又不是沒逃過婚，逃一次跟逃兩次又沒什麼差別。

榮華郡主和姜家公子的終成眷屬，還是仰賴唐勤書大嫂後續補來的「八卦詳述與深入探討」才知道詳情。

說起這榮華郡主，其實是慕容宗室，血脈有點遠了，遠到連縣君都封不上。可沒辦法，人家聰明有能力呀。文昭帝倒是挺喜歡宗室勛貴能擔事，當不好還能抄家奪爵省銀子……咳咳。

總之，榮華郡主不但早早的把女吏給考了，還是當屆全燕第一。可把文昭帝給樂的，發下幾起差事，都辦得漂亮，這怎麼能不重用呢？直接把爵封了，是為榮華郡主。

說起來，身為慕容宗室女，長得明豔燦麗，身段妖嬈，精明幹練，真真麗人無雙，滿京愛慕的文士武人能繞城三周。

但金無赤金，人無完人，榮華郡主就是有點小毛病兒，好色。好男色，也好女色，滿京城有名的美人都讓她調戲遍了。這個儀賓人選遲遲沒辦法決定，京城四大公子都成親了，只剩下芙蓉公子，她覺得不能墮了這喜色的名頭，終究儀賓太醜拿不出手。

誰知道芙蓉公子跑了。

她怒啊，誰不知道她最憐惜美人兒，不願意直說難道她還會用強？居然跑了！一狀告到文昭帝那兒，導致芙蓉公子顏謹容的仕途開端非常啼笑皆非，此是後話，且按下不表。

總之，她奉旨往燕雲巡邊，剛好姜家公子姜尚以龍虎尉之職護駕。坦白說，撇開好色這毛病，認真工作的榮華郡主是很好很美很強大，優點很多的！於是姜公子一見傾心，二見相思，朝暮相見就非卿莫娶。

之後如願了，不過也不是娶，是尚了郡主被納儀賓。

雖然榮華郡主覺得容貌檔次有點低，不過小麥色帥哥還是很耐看的，應該耐操有擋頭，過日子總是要講求實際。

不過據唐勤書的大嫂說，剛成完親第二天，郡主府就熱鬧滾滾，榮華郡主將姜公子的愛妾和新任儀賓踹出郡主府……原本姜公子承諾要解散姬妾，不過男人的誓言你懂的。

所以楚楚可憐梨花帶淚的愛妾來奉茶了。

於是榮華郡主把他們很豪邁的踢飛了。

唐勤書感慨，京城總是有唱不完的好戲……不知道為什麼，她還比較同情榮華郡主。

其實吧，榮華郡主真的不錯了。孟子有云，「知好色則慕少艾」。這是本性，只是榮華郡主有這本錢和身分顯現罷了。再說吧，也就是調戲調戲，沒養一大堆男寵女寵廝混，就宗室而言很有規矩了。

顏家表哥的娘覺得這門親事好，的確是為顏家表哥考慮過，不是要拿他換富貴。

「嗯，我知道。」顏謹容淡淡的說，「我爹的確想的是攀附，我娘想的是，我上面有大哥，家業分不到什麼，尚了郡主就什麼都有。除了那點毛病，也算是十全十美的人物。」

他語氣有點無奈，「雖然那不是我要的。」

除了嘆氣，他也不知道還該說什麼。其實他明白娘親生什麼氣，氣到除了面膏口脂，什麼值錢的東西都不肯捎給他，也不准哥哥或妹妹捎。

娘親替大哥娶了一個能當家主事的賢能媳婦兒，將妹妹嫁給立志當名士的淡泊公子哥，也替他選了尚郡主這個穩妥的富貴路。

結果哥哥和妹妹都該娶的娶該嫁的嫁，只有他逃得老遠不肯聽從安排。

現在呢？等妹妹一嫁出門，娘親也清點自己的嫁妝，搬去別莊。雖然沒跟他老爹和離，但也差不多了。

娘親忍到如今殊屬不易。不是為了他們三兄妹，她日子早不過了。

他倒覺得這樣也好，甚至還挺佩服娘親的。有個年年月月玩真愛，真愛的種類老在青樓戲子身上轉，很打老婆臉的丈夫……

他私心覺得，娘親居然沒暗殺他老爹，實在是太有涵養太不可思議。

有這樣的爹，導致顏謹容聽到某些關鍵詞就會頭痛欲裂，然後想奪門而出。

比方說「真愛」、「您這樣溫柔善良一定能理解我們純潔的愛情」、「妳怎麼能這麼殘酷這麼無情這麼無理取鬧」……或者某些咆哮體。

這就是為什麼，他從來沒逃過學，不是在唐家學武就是在崔家學文，甚至賴著不走。顏爹老拖著各個真愛，祖父祖母還在的時候鬧到長輩面前，祖父母相繼過世後，拖著真愛鬧到孩子面前。

他真心覺得丟人。寧可在外學文習武的不著家。

分開住也好吧。讓老爹跟他的真愛去探討人生理想吧，給娘歇口氣。

她這些年真忍得要斷氣了。

結果顏娘沒斷氣，顏爹和他不知道第幾十任的真愛差點被打斷氣。

在唐勤書素手釀青梅的初夏，驛站同時送來了顏家小妹和唐家大嫂的信，各自看信的唐勤書和顏謹容看著家書不斷變色。

雖然敘事角度不大相同，筆調也有拍案傳奇與報導文學的差異性，總是說同件事。是這樣的，顏娘已經搬到別莊，原以為可以跟顏爹老死不相往來，誰知道顏爹又發現了一個真正的真愛，天雷勾動地火，愛得如火如荼，愛得天地玄黃，宇宙洪荒。

然後他覺得不能辜負這個賣藝不賣身的丹霜姑娘，哪怕是出身青樓，人家還是堅守貞操直到他這個大才子出現才傾心委身……這當然是得給個名分。

於是他帶著真愛去敲顏娘的門，非讓顏娘喝一杯姨娘茶不可。

顏娘帶著忠僕數十執杖把他們轟出去，顏娘親自上陣，提著包著棉布的棒槌──兩把，掄起來將顏爹和真愛一起胖揍了一頓。

顏爹氣急敗壞的抱著腦袋怒喝：善妒若此，非休了妳這毒婦不可！

回答他的是顏娘掄起來另一回合的猛捶。

然後顏娘發表了一番在京城刮起旋風的巾幗言論。

「老東西，我忍你這沒廉恥的二十幾年，終於無須再忍。來，給我休書，乾脆點。反正我從來不靠你吃穿。

不過我要告訴你，這個家我已經給兒媳當了，女兒已經嫁好人家了。你趕緊休我吧，我成了棄婦，你出息的嫡長子嫡次子剛好廢嫡為庶。前途吧，可能就黯淡點罷了，兩個兒子都那麼孝順，想必不會恨你，會給你養老送終。

放心吧，看在公爹婆母待我那麼好的份上，我不會把你弄死了……雖然說弄死你有一百種方法。」

本來顏娘氣勢磅礡的宣告完就要回去歇著，可惜顏爹嘴太賤。於是顏娘用包棉棒槌非常「親切」的教育顏爹何謂口德。

名為丹霜的真愛遭受池魚之殃。

現在京城最新興的「勸夫利器」是裹了厚棉的棒槌，講究的還會繡花，比方三娘教子之類。

為什麼呢？一棒子打死總是得賠命，太虧了。裹了棉的棒槌能夠放心狠捶，不打臉也驗不出什麼傷。

顏謹容默然，滿臉尷尬。唐勤書卻肅然起敬。

顏伯母實在太威。

想想也真是英雌，撫育子女有始有終，當忍則忍。這完全可以跟臥薪嘗膽和胯下之辱相比肩。

明明有這等武力，卻隱忍這麼多年。如果早早把棒槌使出來……恐怕顏家表哥表妹的婚嫁會有些阻礙。

父母之愛子，則為之計深遠。顏伯母真是父職母職一肩挑了。

就這是份深遠的敬佩，在顏謹容悶悶的準備回娘親的信時，唐勤書請他順便捎了一張「醬菜錄」。

顏伯母飲食有個喜好，喜歡吃醬菜。但時下的醬菜都重鹽，就是為了長遠保存。吃太多鹽，可不利養生。

唐勤書本來想起出一些醬菜捎給顏伯母嘗嘗，但是路途遙遠，薄鹽醬菜保存條件有點苛刻，怕半路就變質了。所以她乾脆謄一張食譜。

這個時候的食譜還寫得跟札記似的，份量幾乎都是「若干」、「少許」、「碗」

（可沒人知道是多大的碗）。這不是唐勤書的風格。她隨信附上的是一套竹筒，用來精準測量份量。那套竹筒大的整斤，小的如匙，編號嚴齊。

她的醬菜錄只有幾百字，卻條列分明，該用幾斤的瓦罐或甕，該用幾號竹筒多少的鹽、糖、調料，醃多久，置於井或地窖等等，只要嚴格按照上面做，就能得到味道相差無幾的醬菜。

她只錄了三種，這是最簡單的、最不容易跑味的醬菜。分別是糖醬瓜、醃辣椒、醬苦瓜。

但是顏謹容說什麼都不肯收。

因為這個禮太重了。

要知道，在世家之中，一個女子最貴重的嫁妝，事實上是看起來似乎不起眼的私房食譜。這代表一個世家女獨特的風雅和蕙心，為了女兒嫁妝好看，有的父母會重金購買獨特的食譜充作自家研擬。

親戚友朋間能求食譜，但不能外賣或散播，只能自家享用，而且要交情非常好才行，求不到也不能翻臉。

這是數百年大燕世家沉澱下來的風流底蘊。

醬菜錄還是唐勤書親自研制的食譜。在世家女中可說獨步大燕的匠心獨具。這怎麼能收。

唐勤書搖了搖頭，「我不欠這三道菜。」於她，廚藝是小道，比呼吸還簡單，有什麼值得敝帚自珍。

她還是強塞給顏家表哥，請她捎給顏伯母。

心裡呢，其實還充滿自豪的開心。她還沒雙十年華，再怎麼沉穩還是會為了廚藝被肯定感覺到小小的得意和驕傲吧。

就是心情很好，所以晚膳格外用心。

顏家表哥特別喜歡吃糖醬瓜，有時候還會偷去當零嘴吃，但終歸太鹹。天氣漸熱，肉吃起來感覺起膩，表哥又無肉不歡。

所以她專買了後腿肉，頗費一番勁道的剁成絞肉，再剁了小半碗的糖醬瓜混合，然後團成半個拳頭大，取糖醬瓜的醬汁加水和若干調味，湯汁蓋過肉團就能夠上鍋蒸了。

這道菜是自己想的，顏表哥很饞這道菜，都說想吃瓜肉丸。但是剁肉很費工夫，唐勤書又不愛做面目全非的菜。偶爾做都能讓顏表哥吃得一臉幸福。

這個取的就是一個甘字。後腿絞肉和糖醬瓜加在一起，互相提攜出來的就是甘甜口齒留香，依舊是湯汁拌飯最佳，但是顏謹容都喜歡舀半個鬆軟帶甜香的瓜肉丸慢慢吃，表妹總是刻意做得比較淡。

因為她知道，他就喜歡單吃瓜肉丸，享受那種瓜與肉的雙重奧妙。

這頓吃得太美，顏謹容準備將醬菜錄和家書封在一起時，忍不住再提筆跟小妹得意一下他在桃源縣美好的飲食生活……結果很悲劇的放錯信封，跟醬菜錄一起放到顏娘那兒去。

顏娘眉角一挑，看著小兒子洋洋得意的食記，又仔細看了醬菜錄。她笑了。

這次她捎了雙倍的面膏口脂，還有幾盒貴死人不償命的胭脂水粉給小兒子。

但是她那腦筋某些部分（比方說情商）短路的小兒子顏謹容，看到胭脂水粉卻爆炸了。

顏謹容忿忿的以為老媽捎來的胭脂水粉是給他用的，實在非常之不靠譜，回信再三強調他現在超爺們的，拒絕為了娘親詭異的樂趣男扮女裝。

一個月後，顏謹容接到娘親的信，把他罵得狗血淋頭，雖然辭彙很豐富，但中心主旨就是說他是個白痴，連討小娘子歡心都不會，將來絕對討不到媳婦兒，以後不要說是她的兒子，丟不起這個臉。

收到信時他正忙得焦頭爛額，只是覺得娘親怎麼這麼沒頭沒尾的罵人，但也沒時間多想。

直到晚上顏謹容終於把頭髮擰乾，上床躺平時，才想到娘親寄來的信。

他彈了起來。

腦筋短路的部分通電了。

趕緊起來點起油燈，翻出那些面膏口脂胭脂水粉。臉，一點一點的燒了起來，有些發燙。

這樣不好吧？私相授受這……

難怪娘親捎來。他恍然大悟。他買給表妹那就於禮不合，娘親寄來就是長者賜不可辭。

結果他面如桃花的原地轉了兩圈，心裡亂糟糟的。不知道該感謝娘，還是瞋娘幾句。

最後他還是翻箱倒櫃的找了半天，掏出最好的一塊青緞包袱布，花了一個時辰多，就是設法把這些胭脂水粉打包得好看一點。

一大早開門掃院子，赫然發現穿戴整齊的顏謹容提著青緞包袱站在門口。

唐勤書真的嚇了一大跳，眨了眨眼，看著顏家表哥被露水沾溼的鬢角。

這是多早就來這兒站啊？她納悶了。若是肚子餓了直接爬牆去灶房找活幹，她也不會說不管他一碗粥。

大清早的跑來院門口站著做啥？要不也喊一聲吧？

顏謹容有些不好意思，「這個，我娘捎來的。一些胭脂水粉不當什麼。」他將青緞包袱往前送了送。

唐勤書趕緊將竹帚放在一旁，恭敬的雙手接下，「感謝伯母的心意。」

「嗯，」顏謹容漫應，「也是我的心意。」

話一出口，顏主簿差點以頭搶地，求一地縫可鑽。幹嘛幹嘛到底在幹嘛?!有人這樣對他妹這麼出口調戲，他非揍死那登徒子不可！

唐勤書拿著包袱的手為之一僵，半晌沒說話。

看似簡單的幾句對答，裡頭飽含幾重深意。

顏伯母知道表哥和她為同僚，捎東西給她，伯母卻不把東西直接給她，讓顏家表哥送來。

這種程序很熟悉，她之前和姜家公子訂親後的往來，都差不多是這種套數。

她不知道為什麼有點緊張。

這會不會只是顏伯母的意思，不管是何等巾幗英雌，當娘的總是會有操不完的心——她親娘雖不在此等行列，但大部分的娘親應該如此。

仔細想想，門當戶對，打小就認識，又有緣當同僚，在長輩眼中可不是水到渠成的好事。

但她就是覺得有幾分彆扭和躊躇。顏家表哥怎麼看都把她當成表弟，她最不愛勉強人，尤其是終身大事。

「咳，」唐勤書清了清嗓子，「表哥要進來喝碗茶嗎？」她覺得應該要好好跟他談談。

窘得要命的顏謹容暗暗鬆了口氣，「好。」卻越過唐勤書，非常自然的往灶房走去。

唐勤書瞪著他的背影，好一會兒才啞然失笑。

這個不靠譜的表哥，卻在這方面非常的嚴謹。他就從來沒想過要去她繡樓喝茶。一直將她的閨譽看得很重。

她把包袱裡的胭脂水粉都規制好了，暗暗吃驚。面膏口脂之前顏謹容都給了她些，同時也分給其他同僚，藉口是省得冬天凍壞臉，算是做人情，沒什麼。

這些胭脂水粉來頭卻大了，都是宮制，屬於有錢買不到的奢侈品。不到很親密，哪個爺會送姑娘這個。

想了一會兒……她決定去做飯。

走到灶房，顏謹容正在將柴堆整齊，一絲不苟的。

還是裝傻吧。唐勤書暗暗決定。現在挺好的，她不想改變。萬一因此有什麼尷尬難堪，導致彼此疏遠……

她一定會難過。

看著表妹在灶間忙的背影，顏謹容悄悄的吐出了一口長氣。還好還好，表妹沒有生氣。少條筋的女孩子也是挺可愛的。

碼好柴，他提著水桶去井裡打水。

現在他已經不是那個啥事都不懂的京城貴公子了。表妹做飯的時候，他也知道要找活來作，也才知道，之前她多不易。

她愛乾淨，這灶房的水用得飛快。大水缸要挑滿多累啊，之前她一個字都沒吭過。

昨夜裡，他對自問三年的大哉問首先有了疑慮。

若是表妹再也不為他做飯了，他是否能放她出嫁。

不能的。

或許他會為崔賢吐血，但吐完也就了了。可放表妹出嫁或納夫，哪怕是招小姐妹……他不會吐血，但他心底的靈泉就會永遠乾涸。

和崔賢相悅時，他的心總是非常躁動，像是發熱病那樣毫無寧日，大喜大悲。跟表妹就不是這樣。

就是兩個字，安寧。

相對吃飯飲茶，想起來都是瑣瑣碎碎的生活，像別的同僚喜歡講的，官官相護。可只要她在身邊，就覺得似乎心裡有著永不竭的靈泉，那樣安適寧靜。

也許在京中閨秀裡，她很不起眼吧。但誰能如她宜男宜女，宜瞋宜喜，富貴微賤都能安之若素。

就是這樣他才打了一個多時辰的包袱，他需要仔細明白的思索自己的心意。

他不是不明白，娘親為什麼罵他是白痴，和娘親的深意是什麼。

脫口而出的話總是最真實。只是太輕浮。不知道表妹明白沒有……他笑了起來。

這個喜歡大燕律和爰書的唐官娘，有些地方少根筋，有點後知後覺。

不過沒關係，她總會琢磨過來。

這頓早飯很簡單，煮得恰到好處的大米粥，一碗蔥豆腐，一碟蛋皮包野菜。

大概也是天不亮就去買的新鮮豆腐，不消煮，只需要澎在井裡取涼，撈起來放在一個烏碗裡，戳了幾筷子，點了一些醬汁，撒上一點野蔥，還有兩瓣的月季花瓣。

蛋皮攤得漂亮，一點兒也不能焦，一大片金黃。野菜也不知道是怎麼整得，清香脆口，一點也沒有苦澀味，卻也不湯湯水水，能夠包在蛋皮裡整捲兒，然後切得一口一小捲，放在烏盤裡。

瞧著特別清爽可愛。白玉似的豆腐，澆著淡紅的醬汁，翠綠的野蔥裡落著兩瓣嫣紅的月季。金黃色的蛋皮捲兒，綠的是野菜，紅的是胡蘿蔔條兒。簡單的菜裝在烏碗烏盤裡，美得讓人捨不得下筷。

拿起筷子，唐勤書瞅著菜，噗嗤的笑出來。自嘲著說，「結果還是，沒辦法真正改掉世家的壞毛病兒。」

能吃就好，但就是忍不住要找出最適當的食器，搭配出最好看的擺盤。蔥拌豆腐多加那兩片月季花瓣做啥？野菜蛋捲根本不用胡蘿蔔。

這麼多年了，還是會做這種無益的所謂風雅。

「這毛病挺好的。」顏謹容舀了一勺豆腐，卻添在唐勤書的碗裡，「既賞心，又悅目。多花點工夫也值當。」

……什麼啦。誰要你佈菜了。

遲疑了片刻，趁著筷子還沒用之前，她也夾了個蛋皮捲遞到顏謹容碗裡，「別客氣了。」

這是我家，我煮的菜！

「我知道。」顏謹容開始喝粥，「就沒跟妹妹客氣過。」

……你也太不客氣了。

相偕到官衙立刻被忙碌淹沒了這點小兒女心思。

此時正值秋收，確定升官的縣令和縣丞樂顛顛的秋巡去了，為了最後的政績加磚添瓦。顏主簿理所當然的鎮守在衙，非常嚴肅的坐堂理案。

經過三年磨練，將他最後的那點公子哥的味道洗鍊乾淨，很有氣勢的拍下驚堂木，官威凜然……雖然問的是瘋牛撞倒隔鄰一堵牆的案子。

其實吧，當了幾年主簿，滿縣城熱情奔放的大姑娘小媳婦，就沒扔過一朵花一顆果子在顏主簿身上，說起來真有點不可思議。

可連唐官娘在同僚眼中都宛如天人，芙蓉公子在縣城姑娘眼中，更跟神明一樣。俊俏的跟畫中人沒兩樣……但實在太冷豔高貴，沒事就繃著散發寒氣，看了心裡就發顫，瞧還是愛瞧，但只敢溜在牆根偷瞄，誰有那膽去調戲走高冷路線的神明。

唐勤書有點感慨。

顏家表哥真有點可惜。男兒志在四方，說沒有點入閣拜相的追求，那是不可能的，舉子入仕在官場上就是矮一截，沒考進士真是太傷。

最可惜的就是，不是考不中，而是沒去考。顏家伯父伯母對他最大的不滿可能也是這個。

走實務路線，不是不可以，實在太漫長。像是她的老上司彭縣令，也是舉子入仕。他力爭上游的方法就是，山縫子試種玉米，但也足足花了十年工夫，種子還是他自己掏腰包從泉州海商手裡買到的。

這個時空的海運，可以說是超乎尋常的發達。不但大燕有個橫空出世的閩南侯，在中美洲的馬雅城邦中也屢有異人，導致燦爛文明加上海運這筆濃墨重色。

雖然不至於大燕直航扶桑（非倭國今日本，而是馬雅城邦漢稱），扶桑直航大燕，但是輾轉貿易是有的。所以許多不可能出現的玉米、辣椒等等，在此時的泉州並不希罕，只是並沒有大量種植，或還沒摸索出種植方式。

可以說，彭縣令賭很大，但也讓他賭中了。但這條路，當中血淚崎嶇，實在是萬般不易。

唐勤書感嘆的是，讓顏家表哥憋在窮鄉僻壤種十年田……她還真沒辦法想像。

過了秋收那段忙碌，山縫子縣的鄉親拉了一車玉米，千里迢迢的給唐官娘嘗鮮。唐勤書眉開眼笑，縣衙都轟動了。

這畢竟是新鮮玩意兒，彭縣令十年苦心不是開玩笑，種植方式一正確，畝產著實驚人。雖然已經上報朝廷，育種種植書已經周告天下，但什麼也比不過這麼一車拉到眼前真實震撼。

鄉親與有榮焉，路途遙遠難得來一趟，但是大豐收送不到彭父母面前，總能送到唐官娘面前。那股熱鬧勁兒，跟過年似的。唐官娘不但留宿，還親手辦席。

山縫子隨便問一問，誰不知道唐官娘一手好茶飯，這真是太有口福了。

結果一車玉米換了一車大米，唐官娘還硬塞了二兩銀子叮嚀買大豬給鄉親們暖冬，真是特別不好意思又覺得欣慰，唐官娘一直都是這樣的好，遇到彭父母和唐官娘這樣的好官，真是百姓的福氣。

等鄉親走了，這車玉米就分送給同僚嘗嘗，大夥兒笑嘻嘻的回去研究怎麼吃，大半都水煮了事，畢竟人多分下來，也不過幾根，不可能拿來磨粉。

顏謹容倒是躬逢其盛，唐勤書心情到位，非常愉快的烤玉米。

烤玉米聽起來簡單，可不是真的剝了包葉就直接上火烤了。得先將包葉的玉米煮熟，包葉不去，放在炭上翻轉著烤，這樣表面才不會焦，而且收縮後甜度增加，然後去葉，搽上特製的濃醬翻轉細烤，反覆塗醬。

那個香，可以傳十里去。咬起來比水煮的硬，但是吃起來醬濃而甜，一口氣吃三、四個大玉米都沒問題。

唐勤書只吃了一根，原本想送去給上司嘗嘗的都讓顏謹容包辦了。她勸顏家表哥不要吃太多，未果。結果當天半夜顏謹容果然鬧了肚子……烤玉米不但上火，而且不好消化。

貪嘴的顏主簿因此很吃了點苦頭。

但他並沒有因此受到教訓，之後更喜歡各種玉米製品。別人拚死吃河豚，顏主簿拚著腸胃弱吃玉米，精神其實差不多。

讓唐勤書只能無言，每次煮了跟玉米有關的菜，就會煮一缽山楂湯給他消食。

深秋霜降，京城的來信突然變多，顏伯母也開始與唐勤書通信。

第一封吧，是表達歉意。沒辦法，照著醬菜錄醃的醬菜大受歡迎，顏娘「不小心」透露了來源。若是有人求食譜……真是給嬌嬌添麻煩了，不用看她的面子，不給也沒關係。然後要她好好保重，有什麼重活都叫表哥辦了，千萬不要不好意思。她這小兒子，聰明只在外表，事實上蠢得很，讓唐勤書多包涵提點。

隨信來的是一整套由裡到外的漂亮衣服，配套的還有一副金鎏銀頭面，非常精緻。另外還有套儒袍、白玉簪，說是讓她家常穿的。

信和禮物都讓唐勤書坐立難安。

如果胭脂水粉那回是暗示，這次就是堂堂皇皇的明示，再明白也沒有了。

顏伯母已經在為她京城的名聲鋪路，表示她很喜歡這個心靈手巧的風雅姑娘。而且是真心看重，送的禮物價格不算昂貴，不至於推卻，但貴重的是裡頭的心意和探問。

其實顏伯母不用這麼費心。真想要提親，直接跟她爹娘提就是了。會這樣婉轉，就是想知道她的態度。

這是一種尊重。尊重她這個小輩，也尊重她女吏的身分，一點也沒有看輕。

上回她敷衍過去，顏家表哥也沒追問。這回，她再也不能敷衍了。

這風聲放出去，她老爹的思維向來非凡人所能推演，但照他和顏伯父過命的交情，說不定大腿一拍，就把她這個逃婚又被退親的女兒給訂了。

仔細想了好久，她終於嚴肅的問，「顏家表哥，你覺得我如何？」

顏謹容差點把自己的腳掌給劈了。

拿著斧頭，他看著肅然而立的表妹，發現她雪白的耳輪現在卻非常的紅。看起來很鎮定，手卻有點抖。

他上前一步，拿走她手裡的斧頭。

他差點劈了自己腳掌，可不希望也劈了表妹。

「弋言加之，與子宜之。宜言飲酒，與子偕老。琴瑟在御，莫不靜好。」※

顏謹容非常堅決的說。

終於連臉都紅了起來。只要說好和不好就好了……誰要你這麼不知羞的說這些！唐勤書覺得自己應該憤怒，但卻只有心慌和一種莫名的滋味。好像剛吃了一顆紅通通的楊梅，又酸，又甜。

※出自詩經．國風．鄭風．女曰雞鳴。

白話翻譯為，「射下野鴨或雁，為你烹調佳肴。佳肴既成共飲酒，與你白頭偕老。你彈琴來我鼓瑟，惟願歲月永靜好。」詩經我是自學，所以不敢說準確。但是就我私下理解，這段並不是「言說」，而是「景」。

這是一段夫婦對話。

妻說，「弋言加之，與子宜之。」

夫說，「宜言飲酒，與子偕老。」

琴瑟在御（情景），莫不靜好（願望）。　所以這段是微電影。

「為、為什麼啊？」話剛出口，唐勤書立刻後悔莫及。這麼蠢的問題居然從她嘴裡冒出來。

淡定呢？從容呢？嚼巴嚼巴的都嚥下肚了嗎?!

「因為心悅。」顏謹容非常篤定的說。內心卻是呈現樂開煙花的狀態，一整個飄飄欲仙。

表妹，先告白呢，真好。

——直到他看到娘親的信，才知道是娘親為他先明示了，差點吐血。追媳婦兒這回事被老娘代勞，其滋味真是難以言喻。

最傷心的就是，表妹不是告白。真是美麗的誤會。

雖然算是相互告白（？），父母之命大約也沒問題了，但期待他們有什麼突破性的發展，實在是強人所難。

規規矩矩的接受世家教育，在外為官幾年也沒辦法把深入骨子裡的禮儀給扔了。顏謹容為了初戀都能吐血，事實上七歲以後他連崔賢的手都沒牽過，骨子裡他還是很含蓄很純情的。

女孩子家，世道總是對她們太嚴苛，非常不容易。喜歡她，不是應該尊重她，維護她的名聲嗎？

其實表妹已經待他很寬鬆了。為他裁衣，為他做飯，也容許相對吃飯。沒有情意之前，只是親戚情分，就做得這麼多。有了情意，更不該有什麼踰矩傷害她的閨譽。

他一直覺得，那些才子佳人都是些濫廝皮肉的下流東西。尤其不滿那些所謂才子。真的深深心悅一個女子，應該是徵得她的同意，求父母之命、媒妁之言明媒正娶。

怎麼會是想方設法未婚先玷，將心悅的那個她當伎子般侮辱，真不能了解。

只能說，在某部分，顏謹容不愧是他那個真愛爹的兒子。大約是有個明智的娘親教育過，所以去蕪存菁，造福了他未來的妻。

剛開始，唐勤書有些混亂也有點困擾。但顏謹容待她如初，只是更勤快的學習各種生活技能。

還是那個……有點笨拙的顏表姊。

有點感動，也有點好笑。

其實現在他已經能把柴劈得很好，也會挑水，甚至學著澆菜……雖然她會擔心把她的菜淹死。

嗯，他也學會燒火了。也知道怎麼挑菜。只是看他削蘿蔔的時候都會捏把汗，雖然沒有削了自己手指頭，可削完的蘿蔔都特別瘦。

跟他說，「君子遠庖廚」。他卻嚴肅的要她萬不可斷章取義。《禮記・玉藻》有云：「君無故不殺牛，大夫無故不殺羊，士無故不殺犬、豕。君子遠庖廚，凡有血氣之類，弗身踐也。」

表妹的廚房，一年也殺不到一次生，所以不是需要遠的庖廚。

說來說去，都是他有理。

後來他除了學些廚藝，還會笨拙的縫補衣裳，甚至無師自通的繡上幾筆，掩蓋縫補的痕跡。

雖然分不太出是梅花還是杏花，但真的很了不起。

其實天才也沒那麼令人討厭。願意動手總是非常可愛的。

唐勤書很慎重的回信給顏伯母。其實也沒寫什麼，只是尋常問候，說說桃源縣的鄉土民情，縣內風光與趣聞，含蓄的表示同僚相處都很融洽，只提了一筆表哥多有照顧。

顏娘的心定了。

作為一個機敏風華絕代的女子，她的婚姻非常慘澹。導致她曾經自我懷疑自我貶低了很長一段時間，然後覺悟到，婚姻失敗並不是她的錯。

畢竟婚姻是兩個人的事，光她再怎麼有心、再怎麼聰明智慧，對方不配合，一切都是白搭。

但公婆待她非常好，孩子也都爭氣有出息。

她終究是個機敏的女子，很早就開始觀察身邊親友的婚姻。最後歸納起來，大部分的夫妻都是怨偶，真正的神仙眷屬，僅僅十之一二。

為什麼喜歡表兄妹成親？因為青梅竹馬，打小的情分，只要有情，就不易摧折，婆媳關係也不會太緊張。好的開始是成功的一半，這不一成親成功了一大半麼？

顏爹和顏娘，就是那種父母之命媒妁之言，等於不認識就成親了。成親之後，她倒是有心磨合，可惜對方太奇葩，配合不起來。

她已經誤了一生，幾個孩子是她堅持到現在的主因，所以才會為他們憚精竭力的謀劃。打小兒給他們找青梅竹馬容易嗎？那可是看了又看選了又選，還得給他們製造機會。

自問這個當娘的已經夠可以了。

誰知道，最後在崔賢身上翻船，她真的要氣炸。正不知道該怎麼跟小兒子說，顏爹拍板要訂下榮華郡主。

一開始，她還不怎麼願意。只是跟榮華郡主見過幾次面，她倒是覺得這個能幹明媚的宗室女跟小兒子性情應該可以相投，而且，還能保證未來衣食無憂。

主要也是，她實在忍無可忍，不想重新再忍了。

誰知道，她一直覺得有點優柔寡斷的小兒子，居然毅然決然偷偷謀了官，進士也不考了，就這樣頭也不回的逃出京。

既然滾出去，就別回來了。還給他寄什麼銀子，主意都這麼大了，自力更生吧小混帳。

但是一個當娘的，對孩子的氣怎麼能夠長遠。看著大郎和小妹各自成親後，相聚吃頓飯都飛眼神相對臉紅，小夫妻們都和和美美，就會想到據說為個無情人吐血的小兒子。

誰知道峰迴路轉，唐家嬌嬌居然和小兒子同衙為官，唷，還做飯給他吃。

嬌嬌兒吧，當初也是她預定的兒媳備選之一。將門出身，卻又斯文安靜。可惜小兒子選了崔賢。在她看來，除了臉皮好看點，真瞧不出崔賢哪兒比較好。

不過當娘的還是希望兒子得償所願。

結果吧，兜兜轉轉，到底是當娘的比較有遠見。

所以她才替那個不太開竅的兒子出手，並且取得巨大戰果。這點讓她很得意。

反覆看了嬌嬌兒的回信，她笑得很欣慰，然後下了個決定。

她準備去給嬌嬌的娘透點意思，悄悄的先把庚帖換了吧。但先不要把婚約公布了。同衙為官，卻有個婚約，小倆口相見該多不好意思啊。還不如先這樣，好好的相處一段時間，把感情處深厚了，將來才會有莫不靜好的長遠日子。

所以說，顏娘其實骨子裡是個挺浪漫的人。

但是顏娘有些矜持的誇耀，倒是給唐勤書添了點麻煩。在這風流富貴的年代，食衣住行莫不追求雅緻。自從顏娘辦了一次小食宴，讓醬菜錄的三醬露臉，征服並且轟動了京城仕女圈。

可風雅食需風雅求。關係比較近的女眷打聽了唐勤書的愛好，親筆慎重求之，並且奉上各地縣府志。

其實不必這樣吧？唐勤書不在意這個，但也知道世家女就愛這種有點矯揉造作的雅事——以求得原主的親筆食譜為榮。所以她也耐住性子回信並且附上醬菜錄。

一張兩張，沒有什麼。十張八張，也還能夠。等罰寫了第四十五遍，她開始不耐煩了。

一張醬菜錄不過幾百字，但是次次罰寫真的讓人窩火。又逢堅苦卓絕的臘月前，每日算帳加記帳已經讓手都快抬不起來，還要罰寫食譜真的要發瘋。

她認真考慮找個師傅雕版，雖然拓碑不是很厲害，但馬馬虎虎，有個雕版就能自己印個幾張。

結果桃源縣並沒有雕版師傅。她嘗試著自己雕，結果發現她不行。

正想認命放棄這個不靠譜的異想天開，顏謹容樂顛顛的奉上親手雕刻的印章。芙蓉公子印，多難得。可惜沒得好石材，只能正正方方的取木料……但布局精巧，雕工細膩，極具書法與藝術的美感。

蓋在紙上欣賞了一下，她突然想到，其實我也會呀。雖然不是那麼的好。雕版不會，但刻印章總會吧。一個印章一個字，幾百個字而已，刻一刻排整齊，不就能用拓碑的方式，印個幾百張醬菜錄？印材取得大小一致，隨便個木工都辦得到吧？

她向來是個手勤的人。想想她咬口食材就能模擬架構如何做達到味道的極致，就知道她具有非常強的創造力。

所以在忙得快死的年底結帳期，先拜託木匠解出她需要的印材，剛好能排滿一張紙。等忙過這段期間，就興致勃勃的開始構思，模擬如何拓印，並且為了能成功，她試了幾種材料，最後定案以竹片相隔固定，這才興沖沖的拜託同僚幫忙。

歷代最不好混的大燕文人，會個篆刻不在話下。幾個要好的同僚分一分，每個刻個五個八個，顏謹容就包了三十五個，幾百個印章沒兩天就完成了，排好鑲入固定，用拓碑的方式，沒一會兒就拓出一張。

顏謹容不知道她在忙什麼，一直津津有味的觀看，等成品出現，他不斷發笑。

這真是……整篇字體雜亂，雖說指定楷書，但什麼體都有，字體還大小不一。實在是……

實在是太強了！

他驀然站起來，臉色白得可怕。

「表哥？」唐勤書被他嚇到。

「這……這……這是從哪裡學來的？」顏謹容揪著她的袖子問。

唐勤書被她問得莫名其妙，「我想的。我就……懶得再抄食譜呀。」

顏謹容倒抽一口氣，蒼白的臉孔滲入一絲紅暈，非常複雜的看了表妹一眼。

想的！她想的！她知不知道她想出怎樣有益千秋萬代的珍寶！

他全身冒起細密的雞皮疙瘩。

大燕雕版印刷其來已久。但是雕版昂貴，師傅培養不易。一整版雕壞了一個字就廢了。導致現在手抄本還是大行其道，書價依舊居高不下。

文昭帝一直想普及教育，但書籍依舊是珍貴資產，就沒辦法普及到哪去。

但是這個看起來像是開玩笑的印章拓，遠遠勝過雕版百倍。這是活的。他試圖拆掉所有的印章，然後又重排一遍。壞了一個印章再刻補上就是。只要常備字夠多，就能揀選著排出四書五經遊記雜談農書工學。

人手一書再也不是問題。

「這是唐氏印刷。」在激動得讓唐勤書擔心之後，顏謹容終於冷靜下來，說。

唐勤書腦筋終於轉過來，輕輕啊了一聲，「對喔，以後公告不用抄了。排一張拓一拓省多少事啊。」

顏謹容啞然，好一會兒才笑出來。

如此靈巧，如此蕙心。但是想的卻是，這樣實際。

「不只如此。」他的聲音柔和，帶著淡淡的驕傲和寵溺。

他們花了半個冬天暢想了印章拓的遠景，覺得有很多改善空間。這個冬天因此顯得非常意氣風發。

原本想交給顏娘，她嫁妝鋪子有個書坊，養了不少雕版師傅。有實際經驗說不定能更完善。

「不對。」顏謹容警醒過來，「民間不行。這東西成了，會是很大很大的利潤。我娘恐怕不夠權勢保住。」

唐勤書點點頭，蹙起眉，「而且應該還要投入很多資本……想法還不成熟呀。」

顏謹容想了好一會兒，笑了。「但這可能會賺很多很多錢，並且成就很多很多人才。嗯，這樣就夠了。」

現在的大燕，坐在龍座上的號稱慕容掌櫃。

文昭帝對賺錢並且能育成許多人才的生意，一定會很有興趣。

「所以，」唐勤書遲疑，「是我……遞密折嗎？」她有些無可奈何。

女吏的確有上書密折的權力。但是極少有人使用。因為妳敢用雞毛蒜皮或捕風捉影的事情遞密折……下場往往是發配邊疆教化文明，永不錄用。

但是沒有辦法，就算說服縣令大人遞折子上去，恐怕皇上永遠看不到，就被黑下來了。畢竟他們都是一群芝麻官。

他們實在還很年輕，血依舊滾燙。這種功在千秋萬代的偉大事業，實在不忍心隱沒，或落在高官豪門手裡淪為牟利的工具。

他們一直商量到開春，才算是把密折寫完善了。最後定名為「桃源印刷」，只要幫刻過印章的都名列其中，縣令縣丞也顯擺的刻了幾個字，特別把他們排在最前。然後連同那盒印章與竹版，交付給驛站。

「不知道會不會被流放。」唐勤書嘆氣。

「不要緊，是我的主意。」顏謹容安慰她，「要流放也一起流放。」

……你真的是在安慰我嗎？

不過也好像沒什麼後悔的感覺。終究是，做了一件大事呢。將來老了可以跟子孫炫耀。

她笑得那麼自信又驕傲。

當密折還在上京的路上時，桃源縣的人事異動下來了。

雖然只是透個意思，但大致上已經底定。縣令大人升職了，雖然地方有點苦，終究升了幽州同知，可是州府二把手。縣丞如願以償，遞升為桃源縣令。

但是顏主簿卻沒遞補為縣丞，而是升入府城。官職還不確定，卻是大大的躍升。算是對他才幹上的肯定。

沒等顏謹容問，唐勤書已經向府城申請調職。像她這樣年年優異的能吏，不要說申調府城，就算申調京城都是八九成穩過的。

表妹雖然不說什麼，但做的永遠比誰都多。

內心的那種安寧，平添了欲醺的溫暖。

調令未下時就早早的透了意思，其實也是因為路途遙遠、預留交接時間的關係。因為縣丞升縣令，所以還有個老手坐鎮，交接還容易。但是從桃源縣遠調幽州，那根本是橫跨整個大燕疆土，得早早的預備啟程了。

即使工程沒有那麼浩大，桃源縣到府城不過一個白天，但要在哪兒落腳，住宿問題要怎麼解決，都得先去探一探路。總之，事務很多也很繁雜。

忙忙的整個春天都過去了，調令才正式下來。

其他人都跟透的消息一樣，又補了新縣丞、主簿。唐勤書的申調毫無意外的過了，而且府城方面，隨著調令懇切的來了封書信，簡單的歡迎了唐刑曹——唐勤書已經預定要接下府城刑曹的職位。

但是顏謹容看到自己的調令幾乎吐血。

他到府城任職，似乎是升官，但是他的職位，居然還是主簿。

這已經不是幾把手的問題，被文昭帝高壓下精實的府衙，已經很少設主簿這個九品芝麻官了。可以說，整個府官最底層，妥妥被欺負死的。

而且，混得比表妹還不如。人家一上任好歹是一曹主管。他說難聽點，就是個打雜的。

「我不懂。」他非常生氣和沮喪，「這不可能……是誰在坑我?!」

唐勤書默然。雖然她在外為官多年，外表非常中性，畢竟還是個貨真價實的女子……差點兒就把榮華郡主給供出去了。

可沒有證據，這麼講好像在背後污蔑人。

最後她只燉了絲瓜粥，安慰氣得胃疼的顏家表哥。

正是絲瓜好時節，檐邊採實灶內煮。說是粥，其實並不放米。取瓜切條，老薑幾片，少油爆料，下絲瓜，然後就開始耐著性子，小心翼翼的翻炒。

不放水，不能黏鍋。考驗的是火工和廚藝，還有絲瓜的新鮮和質量。一直到宛如粥狀，調味後關火慢燜。

最討厭糊塗菜的顏謹容，在什麼都吃不下的時候，都能吃一大缽絲瓜粥安慰受傷的心靈。

鹹甜糯糯的，絲滑順口。再多的委屈都能不那麼委屈了。

終究還是遇到絲瓜粥都不能敉平的委屈了。

剛打包好行李，準備赴府城的時候，驛站奔來特旨。

顏謹容特升工部主簿，唐勤書特升工部寶文司書辦，見旨即日回京。

從來沒聽說過什麼寶文司……同僚竊竊私語的議論開了。只有顏謹容和唐勤書心知肚明，應該是桃源印刷的緣故，特別設了一個寶文司，可見皇上非常重視。

但是顏謹容不但委屈，而且憤怒得雷霆閃爍了。

又是主簿！馬的跟主簿槓上了是吧?!明明工部最小的官叫做員外郎！他居然連員外郎都沒混上，而是個別開生面的主簿！

女人的憤怒是很可怕的啊表哥。唐勤書默默的想。看著拚命劈柴洩恨的顏謹容……現在就算煮龍肝鳳髓都不好使吧大概……

很不會安慰人的唐勤書瞅了悲憤得跟屈原有拚的表哥，「唔，最少我們都在工部啊。回京以後，」她頓了下，「本來以為不好見面了。」

顏謹容安靜下來。

對、對呀。就算讓他做最難得的節度使，但不在一起有什麼意思。

「原本以為，要一起流放。」唐勤書溫柔的拿走他的斧頭，「結果是一起做官。還行吧……」

不只是一起做官。回京親事就可以操辦了吧。

顏謹容眼睛一亮。

「嗯，這就走吧。」他轉瞋為喜，含情脈脈的看了唐勤書一眼，「雷霆雨露皆是君恩。」

唐勤書被他那桃花眼這樣一挑，頭皮忍不住發麻了一下。

表哥你沒事吧表哥？情緒轉換這麼大，心脈還受得住吧?!

但她終究還是理智的顧左右而言他，「大部分的東西得送人了，我分完就出發。」

最後只剩半車書和幾個箱籠，雇了個馬夫同行，唐勤書和顏謹容騎馬，就這麼輕裝簡從的奔赴一千五百里外的京城。

這車夫名為李大郎，原本是專為鏢局趕馬的，年紀大了不再吃刀頭飯，但京城來往是熟慣的。

見多識廣，看過的小官小吏也不算少，但是見到這兩個官人還是稍微有點悚，低了頭不敢多看。

精氣神人跟人就是不一樣。你說這兩官人只是貧門薄戶他都敢一口啐上去，那什麼眼神。

一瞧就是貴人，八成是家裡嚴放下來歷練的。一聽，果然，調職兼返家，京城貴人呢。他這雙老眼可不昏。

雖然只瞄了一眼，喝，那真比畫上的人好看。據說當中有個還是頗有官聲的官娘，真絕了。皇上是帝母，帶得這些小娘子一個賽一個的伶俐，可得小心伺候著。

他恭恭敬敬的朝顏謹容喊了官娘，又向唐勤書揖禮，喊了大人。

顏謹容的臉立刻綠了。

唐勤書拚命吞嚥，勉強把笑聲吞進去。非常和藹可親的說，「老人家看差了，敝姓唐，甲午年忝點女吏。」

李大郎這才張大了眼，仔細的看了唐勤書，又更仔細的看顏謹容。好半天也沒分出哪個不是女娘，只訕訕告罪，「小的眼拙，眼拙！」

「不怪你。」唐勤書忍得辛苦，趕緊飛身上馬，「路途可遠，不能誤了。」

顏謹容已經快把鼻子氣歪，惡狠狠的瞪了肩膀一聳一聳的唐勤書，甫上馬就狂奔而去。

居然把人認錯，李大郎很是不安。但是這個唐官娘實在是好性子，一路寬慰，還岔過這遭問了沿途須留意的地方。後來那比女娘好看的顏大人，也沒怎麼樣，自己好了，李大郎懸著的心才放下，慶幸這活遇到的都是善心人。

接下來，更把他的疑慮都打消了，一整個輕省活。

少年官吏吧，他也跟隊過，總有這樣那樣的毛病。一上路就狂奔，然後傷馬，反而誤了行程。要不就是挑吃撿睡，趕路中哪有好吃好穿。再不然就是不聽勸阻，偏要抄小道，遇到無賴還是小事，萬一撞上山賊，那真是把性命都掛在腰褲帶。還有各種碰瓷仙人跳，少年公子哥總是血氣方剛。

誰知道，這個俊俏的官娘頗懂行路之難，比女娘還好看的大人也服勸。這一路上都是隨著官娘的馬，小步疾走快跑，居然頗有模樣。不但照顧到兩官人的馬，還照顧到他那辛苦的大青。

一路沿著官道，住宿就在驛站，從不去可疑的地方。還挺客氣，有啥好吃的都不忘他這老車夫，風塵僕僕的，也沒喊過一聲累或苦。

這才是真正的貴人嘛。比起那些鼻孔朝天的不知道強到哪兒去。人家家裡真會教孩子，果然是京城裡的世家子弟。

其實唐勤書也很意外，顏謹容居然一路吃得起苦。雖然說頭天臉色蒼白的滑下馬鞍，僵著腿說，「難怪鞍馬嫻熟的武將幾乎都是羅圈腿。」讓她一陣狂笑。

皇上給的調令時間實在有點緊，路上耽擱不得。她還有自己趕路的經驗，顏家表哥南下桃源縣，可是跟了大商隊，坐著豪華馬車，一路舒舒服服過來的。

當初她自己從山縫子縣到桃源縣，吃過傷馬的苦頭，出發前又仔細打聽。要論起模擬架構的能力，大燕說第二沒人敢說第一，所以她一路上心裡有數。可在她眼中嬌滴滴的「顏表姊」，真讓她刮目相看了。

開頭幾天磨破了腿，也是咬牙忍過去，之後也撐下來了。吃的用的住的，粗糙得很，他也沒有怨言。路上遇到攔路的劫匪，她開弓先射死了對方拿弓箭的，結果她射死一個，顏謹容連珠箭射死三個，最後把那群劫匪打得落花流水，只剩下小貓兩三隻逃跑……

顏家表哥也只是吐了一回，還是強撐精神的趕路，晚上吃飯還是三大碗，能夠吞得下肉。

想當初，她頭回殺人的時候，不光吐，還大病了一場，整整一個月都茹素，聞到絲毫肉味都發乾嘔。

一路下來，她真覺得喊他表哥不會心虛了。

想想也是，這三年磨礪下來，顏家表哥也不再是那個嬌滴滴的京城貴公子。

但是半個月後，唐勤書還是暗暗好笑。

雖然不抱怨，也努力把那些粗礪的食物吞進肚子裡，奈何他什麼苦都能吃，就是腸胃嬌慣壞了，三天五天忍得，十天八天就開始扛不住，飛快的瘦下來。一整個衣帶漸寬。

他一貫逞強不說，唐勤書卻不落忍。但為了保證旅途平安，走得是官道，宿的是驛站。驛站的飲食水準……你懂的。

這時候就有點懊悔，為了輕裝上路，醃的醬菜、曬的乾菜都送人了。除了一箱調味，還真沒帶什麼能安慰顏家表哥的食物。

秋老虎厲害，顏家表哥雪上加霜，原本就胃口不好，食量越發小了。路途還有一大半，吃不下怎麼扛得到最後。

旅途所限，真苦於無米之炊。可唐勤書是誰？天生靈慧的妙手。到驛站廚下，瞧見剛悶好的糙米飯，捨了幾個銅子，挖了幾勺豬油，要了三個新鮮雞蛋，自帶的醬料調了調。

就這樣將豬油與醬拌入糙米飯中，拌勻了，趁熱氣未散，打了個生雞蛋在上面，再次調勻。別看非常粗糙，吃起來才知道，豬油和熱騰騰的糙米飯有多合，加上濃濃的醬汁，和雞蛋半生不熟的香，直能勾得饞蟲一個勁的往外爬，冒尖的豬油拌飯填再多都覺得不夠。

不說顏謹容和李大郎拚命的扒飯，連同在飯堂的路客都頻頻嚥沫，吼著要來一碗豬油拌飯，一上來又覺得不對勁，嚷叫起來，把廚子給急的。

唐勤書只覺啼笑皆非，指點了一下。主要是各家醬汁不同，這比例稍說說也就懂了。可廚子更急，官娘在飯堂就開講了，全讓人聽了去，這怎得了，還怎麼當私家菜了。

李大郎近水樓台先得月，不但背起來還殷殷詢問。一路上唐官娘不斷發明新菜色，他就一路背。最終這趟跑完，他回去照個唐官娘的簡單菜開了家唐家食館，終成小富，真是意想不到的緣分。此是後話。

一路艱辛，終於到了離京最近的十里驛站。總算在期限內抵京了。

京城最近的驛站，當然非常豪華有檔次。終於有機會痛快的洗個澡，而不是打個一小盆水擦擦。

也是得打理打理，並且使銀子差驛站小廝回家報個信。

想到回家，兩個人心底都有點沉重。雖然逃婚成功了，但是家裡都喊打喊殺。家門能不能邁進去……誰也不知道。

這會兒，兩個人開始商議萬一被拒門外該何處落腳。

顏謹容還好一點，大不了往外祖家小住一陣子，他外祖父、外祖母對他相當疼愛。可唐勤書怎麼辦呢？她外祖家早就跟唐娘斷絕關係。

這又是一段公案，滿京說什麼的都有。唐勤書和她哥小時候還莫名的被排擠恥笑過。

唐爹在娶唐娘之前，其實還有個元配。那元配還是唐娘的大姊。

這個唐勤書該喊大娘的姨母，突然暴病身亡，留下一子。妻孝還沒滿，唐娘就進門當續弦了，這可把外祖父、外祖母氣歪，聲稱斷絕父女關係。這還沒完，唐娘進門沒多久，那個大哥兒就意外夭折了。

事情的真相到底如何，唐勤書她大哥死活不准她過問，大嫂也諱莫高深。但是會這樣瞞她，真是不言也似言了。

她哥真的是苦，苦到黃連煮苦瓜了。到現在逢年過節，她哥都去大娘的牌位跪香一個時辰。清明中元，絕不會忘了給大娘兼姨母掃墓。

每次她哥這麼做，唐娘都要發脾氣，嚶嚶嚶的哭一場兼病一場……順便躲掉去行妾禮。

她懂事後也跟著哥哥這麼做。所以唐娘覺得他們兄妹都跟她不貼心。

但是誰懂當惡人子女的痛苦。

明明什麼也沒做，可出生就是罪。

所以想到父母，唐勤書總會腹誹，一對廢物點心。但更多的，卻只有無奈和恥辱，沒法想更多。

顏謹容看她情緒不高的說，「該去給大娘問安。」，就知道她被勾起舊愁，心裡很不是滋味。

這關她什麼事。

要說有關，那也是唐爹唐娘倆造的孽，說不定唐爹的孽還大多了。

「好好休息，我明天陪妳去吧。」遲疑了好一會兒，他才謹慎又小心翼翼的拍了拍唐勤書的肩膀。

結果第二天哪兒也沒能去。唐勤書她哥和顏謹容他哥聯袂前來接人。

趕緊的，趁唐爹和顏爹這對狼狽為奸的二百五出京賞菊，回家造成既定事實，安置幾天，等他們回來頂多罵兩句。

是說，初雪都快下了，還有啥菊可賞？

唐勤書她哥不好意思說，顏謹容他哥皮笑肉不笑，「老爹的真愛改名珠菊。要我說，平白糟蹋好花名兒。」

眾皆默然。

唐勤書想，他爹和顏伯父感情居然好到這種程度。真非常人所能理解。

這是八奇吧？這絕對是八奇領域了。

唐勤書她哥名為唐勤文，顏謹容他哥名為顏謹獨。

顏謹獨這名字還是有點典故的，取意於君子慎其獨也。代表了顏娘的殷殷期盼。

這兩哥們感情很鐵，卻不是因為他們倆的父親是死黨。

其一呢，是同窗。都同在唐家的武學塾練武。其二呢，都有些同病相憐。

他們的境遇有些類似，都有中二一輩子、不但不能指望而且只剩絕望的父親，都是生來就得扛起家族重擔，命定的未來家主。

就顏謹獨看來，唐勤文真是上輩子殺人放火，這輩子才有兩個不著調到爛泥的父母，看著他就有淡淡的憐憫——好歹顏謹獨還有個中流砥柱的娘。

可就唐勤文看來，顏謹獨真是前世誤燒佛塔，這輩子才有這種滿京城跟真愛一起丟臉的爹，對他有深深的同情——好歹唐勤文的爹娘再糟心，也是搗在家裡糟心。

不過當面揭人瘡疤，不是這兩個被祖輩死管嚴教出來的世家未來家主的作風。年紀相差不太遠的他們，少小時是感情很好的同窗，長大唐勤文娶了顏謹獨的堂姊，又是姊夫和小舅子的關係。

未來家主的苦悶，誰能知曉。面對父母的荒唐事，苦水能往哪兒倒？也就是這倆至交能彼此訴苦一番，相互安慰打氣。京中為官大不易，也是風雨共濟守望相助的一路行來。

前來接弟弟妹妹，顏謹獨一直都是暴怒狀態，唐勤文再三勸解，只是沒用。這才一見到自家弟弟和唐家表妹，忍不住開口就噴了。

糜爛到匪夷所思的私生活！真把顏唐兩家的臉都丟盡了！他都不好意思出門了……以為躲在京郊的溫泉莊子關上門就沒人知曉？怎麼有這麼天真的父親?!

但噴完也就後悔了。唐伯父畢竟是唐家表妹的父親，娘親有心為阿弟聘嬌嬌，這樣無異當面罵人，唐家表妹心裡怎麼會好……

結果唐勤書只神情一滯，就像沒聽見一樣，規規矩矩的上前見禮。

他瞥了一眼唐勤文，眼含抱歉，唐勤文對他點點頭，安慰的笑了笑，示意沒關係。

唐勤文脾氣比顏謹獨好多了，最少腹黑得多。他不會噴老爹，頂多暗暗差人去溫泉莊子燒兩間不要緊的房子嚇嚇他的老爹。

人說父母對子女有操不完的心，誰知道他們對父母操碎心。

不過現在父母不是他最需要操心的，唐勤文一來目光灼灼的盯在據說會成為他未來妹婿的芙蓉公子身上。

越看越挑剔，越來越不得勁。我家嬌嬌都晒成象牙色了，這小白臉為什麼還是肌膚若雪?!不公平！

明明同事三年，千里同行，這兩個是怎麼回事？只淡淡說兩句話就算話別了？這小子是不是沒把我家嬌嬌放在眼裡？馬的他敢不樂意？老子我還不樂意呢！

最終唐勤文不動聲色的憋了一肚子不高興，領著妹妹回家了。

闊別五年，嬌嬌長高了，也俊俏了。他仔細端詳了半天，卻有些沮喪和懊悔，「我送出門的是個妹妹，回來的卻是個弟弟。」

唐勤書笑了起來，「阿哥，將來仕途我也能搭把手，你不用一個人辛苦了。」

聽了這麼暖心窩的話，唐勤文眼淚險些奪眶而出。

他雖是唐爹這房的實際當家人，必須是個頂天立地為家人遮風蔽雨的男子漢。別說臂膀，只能求神拜佛豬隊友不要再拖後腿。除了顏家的阿獨援手，只有他的小阿嬌會體諒他的辛苦。

「妳能好好的，哥哥就感心了。」唐勤文擺了擺手，「那個，顏家的那一位，」他不大自然的清了清嗓子，「是個什麼章程？妳不要聽他們亂主張，妳若不喜歡咱們還有大把的人選，哥哥為妳作主。」

這次可容不得那對糟心的父母亂插手。之前他是羽翼未豐，現在他已經牢牢的掌控了唐家。必要的時候……他也是頗有陰暗的某些「好點子」。

端坐在馬車裡的唐勤書，仔細看著蓄起鬍子的哥哥。滿好看的，成熟好多。她有些跑神的想，其實顏家表哥也試圖蓄鬍，最後沒熬住還是刮個乾淨。

因為他老覺得吃飯會吃到鬍子，非常討厭。

最終她燦爛一笑，讓她俊俏的容顏，更加俊俏。讓她嚴重妹控的哥哥有種吾家有兒初長成的老懷欣慰——京城四公子早就是往事了，如今該是唐家勤書的年代。

……好像哪裡不太對。

還沒思忖出哪兒不對，唐勤書已經閒然的說，「彼此相悅，父母之命，並將媒妁之言。」

那是個沒路用的小白臉啊嬌嬌妳不要被騙！

但唐勤文還是勉強忍住內傷，「妳中意他哪點？」決定走和藹可親循循善誘路線。

她溫柔的看著將她一路撫養長大的哥哥，「他願維護我閨譽。」

這個時候，唐勤文感覺到有點痛苦。他和小嬌嬌似乎有了巨大的代溝……不然她在說什麼，他居然沒聽懂。

但事關婚嫁，身為哥哥的還是有點不好意思，暗暗決定委託給愛妻，想必鴻溝不會那麼深。

於是轉變話題，談談小妹這幾年的官途。小名這樣嬌貴的妹子，每每捎錢給她總是又稍回來。原本以為她是負氣，沒想到驚人的成長起來。六曹事嫻熟，人情豁達不爭。很能切中要害，居然是個為官的好苗子。

雖然人際來往有些欠火候，缺了點上進心，但在六部都是幹實事官的料子。真能成為他在外的臂膀，並不是說說而已。

他開始有點猶豫。

作為一個哥哥，他不願意小阿嬌辛苦。姜家那是沒辦法，妥妥是個火坑，世家裡那點糟污事，他哪能不知道，嬌嬌的性子看似和順實則執拗，恐怕沒幾年就在後宅「病亡」。

老爹剛愎自用，娘親只會愚昧的破賢慧。祖父祖母已不在世，竟沒有一個人能為嬌嬌作主。

作為承孫，他與父母相同，必須為祖父守孝三年，幾乎什麼布置都辦不到。除了放小阿嬌去當女吏，真沒有其他辦法。

等他知道盛怒的父親居然走了門路讓嬌嬌去的地方那般荒僻，已經來不及了。

這也是為什麼他會除孝後在仕途力求表現，並且將唐家的實權掌握在手裡，架空父親的主要緣故。

但是嬌嬌出乎意料之外的優秀。他有些不知道如何是好，不忍心就這麼抹滅了她的努力和才幹。

他還是得好好的想一想。

唐家大開中門歡迎唐勤書。

她畢竟等同功名在身，而且是皇上親旨調用的女吏，又是唐家嫡親姑娘，這個待遇並不過分。

但讓她感覺溫暖的，是她的兩個侄兒上前迎來，正式行了官禮，然後親切的喊姑姑，熱情的上前行家禮。

她和大侄兒唐敬堯只差了七歲，和小侄兒唐敬舜差九歲。小侄兒對她印象還有點模糊，大侄兒跟她非常親密，既是姑母亦是長姐。雖然五年沒見了，但是爹娘常叨念小姑姑，除了一開始還有點拘謹，很快就熟悉起來。

而且，還是這麼厲害的小姑姑。

簇擁著她往二門去，看到引頸而盼的嫂子，一直很穩得住的唐勤書都紅了眼眶，正要下拜，就被嫂子一把抓住，上下打量，拍了她兩下，「妳這狠心的丫頭，一去這麼多年！」

一依到嫂子溫暖的懷抱，聞著她身上淡淡的桂花香，多年的辛酸疲累，都化成一股濃濃的委屈。她閉上眼，將頭埋在嫂子的肩窩，難得女兒情狀的放鬆了自己的肩膀，抱住了嫂子的腰。

終於是回到家了。哥哥嫂嫂還在，她就還有家。

一家歡喜不盡，相迎入內。

「來來，這是我的小杏兒。」嫂子抹了抹眼角，招呼一個約兩三歲的小姑娘上前，「妳還沒見過她吧？小杏兒，快喊人啊。」

小杏兒是個很安靜斯文的小姑娘，抬頭看著唐勤書，有些羞怯也有些好奇的看了她好一會兒，細聲細氣的說，「叔叔好。」

舉室皆靜，片刻哄堂大笑。

唐勤書也笑了。為了趕路方便與安全，她到現在還是穿著黑袍皂靴的官服。小姑娘分不出來也是該然的。

看小姑娘揪著衣襟，被笑得羞急，欲哭又強忍住的模樣，心生愛憐，蹲下來跟小姪女對視，「是姑姑不好，該改換女裝的。小杏兒，我是小姑姑。」

小杏兒張著水盈盈的大眼睛，仔仔細細的看著唐勤書，狐疑的看看娘，又看看還在笑的爹，有些摸不著頭緒。她才兩歲多，已經知道叔叔和姑姑的分別，但又不是很明白。

雖然迷迷糊糊的喊了姑姑，被姑姑抱也沒有拒絕。但還是有些迷惘的摸了摸姑姑的衣領。她雖然覺得姑姑和爹長得很像，卻還是摸了摸姑姑光滑的下巴。

爹有鬍子姑姑沒有。

笑著笑著，嫂子卻落下一串眼淚。

雖然相差了十歲，夫君和小姑子其實長得很像。初驟見，彷彿見到少年時的阿文。哪堪得住小姑子抱著軟軟糯糯的小女兒，站在那兒。

這是顏謹易深埋在心裡的祕密，成親這麼多年都沒有跟誰訴說過。

她十二歲議親時，其實還有好幾個人選。只是除了唐勤文，其他都不熟。而唐勤文，只是小時候玩得很好的玩伴，長大點她跟唐勤文的堂姊妹感情還比較深厚。

父母親猶豫不決，她也羞澀並沒有多言。只是，不管是誰，都多少有點悵悵。

情竇初開，少女情懷總是詩。可這些人選並沒有給她什麼悸動的感覺。她相信父母會給她最好的，但就算舉案齊眉，還是有那麼點意難平。

不識情懷，不知相思。

這天，她依舊來唐家學塾練弓箭。放學後想去找唐家大姐兒說話。

沒想到會看到唐勤文抱著小小的唐勤書，站在唐母的院子前，一動也不動。

嬌嬌埋在肩窩，一抽一抽的啜泣。瘦弱的少年挺拔，卻像是背負了沉重的重擔，那麼沉沉的哀愁。抱著只有兩歲的小妹妹，輕柔的撫著她的背。

「要娘。」稚童哽咽細弱的央求，聽起來格外心痛。

但他們被攔在母親的院子外，說唐娘正在哄十三娘……嬌嬌的庶姐。

顏謹易不知道為什麼不走開，只是站在牆角看著唐勤文。看著那個因為抽條而顯得瘦削的少年，那麼溫柔的抱著幼小的妹妹。

她一直覺得他越長大越嚴肅越不好玩了，從來沒想過他有這一面。

也不曉得為什麼，她會遠遠的跟著他們，越來越揪心。直到唐勤文抱著嬌嬌站在湖邊，更是害怕得想去阻止……怕他們想不開。

這對兄妹是如此無助又悲戚。

她沒有想到那個瘦削又嚴肅的少年，會抱著妹妹安慰，「沒關係，妳還有哥哥，哥哥還有妳。」然後熱淚如傾。

她曾經以為，她必定會因為某人的驚世絕豔而心動，那人會騎著白馬宛如天神的來到她面前，她會因此心跳如鼓，願託終生。

可事實上，悸動如此酸楚並且甜蜜的，卻是那少年溫柔的言語，和頰上孤獨的熱淚。

好想告訴他，你不會是一個人，你也不會窮得只有妹妹。

你還會有我。

那天她暈暈的回家，堅定的告訴娘，她想嫁給唐勤文。她娘親還以為她撞邪了。

之後她也有點嚇到阿文。這個熱情的少女對待他好，對小阿嬌更好。驚嚇之後，卻羞怯的回應，果然如她所想像，那樣的溫柔。

最傾心，然後能始終如一。

她早就知道，他是個什麼樣的人。

那天夜裡，唐勤文想跟娘子談談跟嬌嬌的代溝，但娘子卻蓬發熱情，終於醞釀成烈火燎原，兩個都非常激動……讓他無比開心放縱的吃了一頓大肉。

到最後饜足的睡著後，還是沒鬧清娘子的熱情所為何來。

隔天正在用早飯的時候，顏謹容投帖來訪。

錯愕了一下，唐勤書扔了筷子就往外走，「迎到前院花廳。」

一大清早的，是出了什麼事情？她隨手拿了件大氅披上，踏過滿地的初雪匆匆往外。都快到了才想到，這可是京城，不是窮鄉僻壤的桃源縣，顏家表哥就這麼上門……好嗎？

是不是有什麼急事，還是他們七日後要當差報到有什麼變數呢？踏入門口才後知後覺的想到，哥哥上衙去了，嫂子怎麼就報到她那兒。

嫂子那促狹鬼真是……

捧著茶出神的顏謹容看到她，立刻站了起來。不知道是冷還是別的情緒，雪白的臉頰染上一層淡淡的紅。

「怎麼了？」唐勤書暗暗揮去不該有的思緒，關切的問。

顏謹容啞然片刻，脫口而出，「床太軟。」

然後，然後他想給自己幾個巴掌。為什麼開口就犯蠢。

唐勤書眨了眨眼睛，這是……不習慣？想想也是的，「炕睡習慣了，雖然有地龍還是覺得拔步床有些空冷。」

她笑起來，「嫂子都沒敢動我的布置。只是我不知道以前是怎麼想的，一屋子白紗……真是被寵壞了。哥哥嫂嫂也不說我，現在看起來好像滿屋飄孝。」

少女的時候怎麼會覺得這樣飄逸，想想真是自以為是的蠢。不但難洗，兆頭也不好。

那些煙羅紗可是費錢的很，居然還每季要換。這些錢可該能換多少糧食。

顏謹容暗暗鬆口氣，跟著笑起來。出去幾年，回來看自己的屋子，也是不習慣。真不敢相信自己會弄得這麼故做清高和矯揉造作。

果然表妹也是這麼覺得。

聊了一會兒，唐勤書還是沒搞懂他一早匆匆而來是作什麼，只看他一直填點心。

「該不會早飯都沒吃吧？京中餐點應該很不錯才對。」

顏謹容停了手，「……是不錯。只是，十碟八碗的，太奢靡，而且看不出是什麼做的。」

……所以呢？

他安靜了會兒，「昨天傍晚，丫頭傳膳。我明明應了，卻往東牆走。」顏謹容訕然，「然後覺得東牆粉得太白，又太高……不容易爬。」

他開始覺得自己真的蠢透了。

「只是，就算爬過去，也沒有……」隔牆並沒有唐家表妹，爬過去也沒用。

然後他就開始焦躁了，不得安寧。晚膳都是他愛吃的菜，但是突然覺得美味得很空虛。床又太軟，蓋著被太暖，不蓋太冷。稍微一動，外面守夜的丫頭就問得煩人，一夜都沒好睡。

明明今天有很多事要做。他回京也就幾天閒暇，他得去探望母親，諸位長輩師長，都不能落下的。

但他焦躁得連早飯都吃不下，毫無辦法的往唐家跑。

沒有見一見表妹他就是懸著心。明明她也不會跑掉。

唐勤書低頭喝茶，綰著士髻，穿著廣袖大袍的領口，露出一截已經泛著粉紅的頸。

「我……」顏謹容想解釋，卻被唐勤書打斷。

她清了清嗓子，「行了。下午有空的時候過來，我看看有什麼材料。」

突然覺得好熱。顏謹容鬆了鬆領口。大概是臉太燒的關係。唐家表妹也臉紅了。心跳得這麼厲害，卻覺得那股焦躁都消失了，特別寧定。

「我下午過來。」顏謹容低聲說，想想不對，趕緊補救，「來探望堂姊。」

「……嗯。」唐勤書驚覺自己聲音太軟，又清了清喉嚨。

該走了。但是又不想走怎麼辦？

顏謹容皺著眉站起來踱了兩步，又想起昨晚大哥叮嚀的事情。「對了，那個，我們……」的婚事，「可能要等寶文司初具規模才能……走六禮……掌櫃很性急的。」

這時候，就覺得慕容掌櫃文昭帝非常沒有人性。既然是他們共同署名密折，才有寶文司，沒有眉目之前，他們敢耽擱時間走六禮下聘成親，大概下場會很慘。

聽說最近邊遠疆土已滿，最新興的流放地點變成南洋呂宋。

想到就不寒而慄。

「不急。」唐勤書低低的說。

可是我很急！

顏謹容還是沒敢對著唐家表妹說瘋話，「不用送了，我下午過來。」

唐勤書獨自坐了一會兒，覺得臉頰的熱褪了下去，才若無其事的走出去。

她聽明白了。雖然覺得顏家表哥果然少很多根筋。下意識想去爬牆也是很蠢的行為。其實吧，他也不少這一口吃的吧。顏家的廚子在京中還是屬得上號的。

她都不知道為什麼臉上的笑意壓都壓不住。

近朱者赤近墨者黑，她也跟著變蠢了怎麼辦。

結果顏謹容才過午時就又上門了。唐勤書煮的小食才出爐。

不過是幾個很小的芋頭，雞蛋大小，坦白說，要不是她去翻菜簍刻意留著，一般都是棄而不用的。

也沒有特別的烹調，只是用水煮，煮熟就起鍋了。只是拍切了蒜茸、調醬。剝一半的皮沾醬吃，就是這麼簡單。

但很少人知道，就是因為小，完全濃縮了芋頭的風味和口感。只要火候拿捏得宜，香酥滑馥，有種濃烈的膏腴感，和蒜茸醬再搭也沒有。

煮得好的小芋，甚至完全不沾手，剩下的皮稍微捏一下，就能完整滑出，完美的享受芋香。

顏謹容覺得，他之前吃的芋頭都太粗糙，今天才知道真正的滋味。

他相信這輩子不會吃到更好的芋頭了。

後來別人說到「幸福」兩個字，總是讓他想起膏腴滑酥的味道。一定是這種滋味。

然後，因為一天登了兩次唐家門，顏謹容被他哥提著耳朵罵了一大輪，再也不能去了，把顏謹容給鬱悶的。

顏謹獨也是好意。別看這世道對女子的約束似乎鬆弛了，其實也只是表面罷了。兩家有默契，只差行六禮，事實上跟定親沒兩樣，風聲早放出去了。

顏謹容拚命往未婚妻家跑，別人不會說顏謹容什麼，卻會說唐家小妹不知羞。

若不是皇上特旨調令，他可能會和唐勤文商議，將唐家小妹調入京城……然後找個不起眼的衙門當文書貓著。唐家嬌嬌若是真有才幹，婚後會方便很多，到時候想大展鴻圖他也不會攔著。

他與唐勤文守望相助，幫手當然越多越好。唐家嬌嬌的身分多妙，既是唐勤文的同胞妹子，又將是他的弟媳。況且如此有才華，於仕途能風雨共濟，於家又不會跟妻子爭內宅權，真是再完美也不過，更是知根識底。

作為一個顏家實際當家人，真是滿意非常，更不能容許老弟腦袋發昏的給未來弟媳抹黑。

顏謹容理智上是明白，情感上卻不想明白。好在他也真的忙，再說沒幾天就能在寶文司會合了，忍忍也就過去了。

只是，他和唐勤書還是想得簡單了。

第一天在寶文司，顏謹容雖然是個史無前例的工部主簿，卻破天荒任了寶文司權員外郎。這個「權」，就是權宜、暫任的意思，也就是說，他暫時成為寶文司的主管。

至於被明令為寶文司主管的唐勤書，被擠到一邊去，視若無睹了。

雖然知道會被排擠，卻沒想到會排擠到這個地步。

事實上，京中女吏非常不好當，真能當出點名堂的，通常背景要夠硬，最好還是宗室女，不然真的很難出頭，往往被塞到不要緊的部門抄抄寫寫。

因為京城是個競爭非常激烈的官場，僧多粥少。進士出身的男人都打破頭了，還得為權貴讓路。現在連個無知婦孺都要來分杯羹，誰能忍得下。把她當空氣還是看在同是世家子的情分上，沒有栽贓下絆子已經該去謝神拜佛了。

顏謹容有心護航，但是拿這種沉默冷暴力的抵制，卻毫無辦法。

最初唐勤書忍了。官場上欺生是應該的，大不了將要點說給顏謹容去執行就是了。畢竟論起動手能力，滿寶文司的人捆在一起，也沒她一個手指厲害。

不幸的是，總有人把忍讓看成軟弱，識大體當成可欺。這些進士出身的同僚，不但看不起女吏，同樣也看不起舉子出身的顏謹容。自然沒把他們當回事，甚至言出輕佻，辱及顏謹容。

唐勤書外表斯文和順，但那只是外表。

當那個輕佻的傢伙用扇子往顏謹容的下巴挑，唐勤書已經果斷的一拳砸了過去，那傢伙立刻鼻血長流。

「小婦養的，打起人來了！……」和他交好的同僚開罵。唐勤書再次舉起拳頭，但還沒挨到人，顏謹容已經一腳踹出去了。

二挑十，顏謹容和唐勤書紛紛掛彩，但對方也沒討到什麼好，可說雙方勢均力敵。最後驚動到工部尚書，奔進來喝住，讓人拉開，發現當中還有個唐家的女吏，頓時哭笑不得。

「……我也不同你們說什麼，要知道聖上問過進度。」工部尚書甩袖，「都給我回去反省！到時候交不出貨，身上的功名也不用要了！聖上能饒過你們哪一個！」

這場群架就這樣虎頭蛇尾的結束了。

但是京中議論頓時炸鍋。

一個女吏居然敢打上司了！再怎麼說，官總是比吏高貴多了，真反了天了！

再一問，老天，居然是顏家的未來兒媳婦，這怎麼得了，婚事大概不成了吧……

但是一瞧那個女吏，居然是唐家的閨女……又覺得一點都不意外了。

京城只有一個唐家，事實上祖籍在姚州。這唐家，開國就在燕雲領兵，後來還曾為楚王麾下的猛將，一直到翼帝才被遷入京裡。到現在，唐勤書的叔父還掌兵虎賁，是皇上的親衛。

唐家女可說是世家中的異數，令京城貴婦又愛又恨。唐家女兒都端莊大氣，幾乎都是宗婦最佳人選，禮儀才識都無所挑剔。但將門虎女的本色，也是非常強烈，沒有嫡子之前都是動手比動嘴快的醋缸。

之所以有這樣的缺點，唐家女還是搶手貨，就是有了嫡子後，唐家女就會溫柔體貼起來，所有的醋汁都收了，非常賢良。

但總不能因為會變成小綿羊，就忘了唐家女的剽悍。

果然，唐勤書動手打了人，她幾個堂姊妹立刻高調非常的力挺，邀了一宴，人家賞梅，她們這宴是射梅，非常有將門之風。

這射梅宴冠蓋滿京華，最讓人眼珠撿不起來的是，顏家夫人，據說是唐勤書的未來婆婆，談笑風生的來赴宴，拉著唐勤書不放，再三說她是個有志向的好孩子，當眾人的面就套了個羊脂金鑲玉臂釧，那可是當年翼帝的御賜之物。

唐勤書感慨，哪怕當初分家，白目爹把三個叔叔得罪死了，遇到事情，叔父們也還是暗挺，唐家人就是護短……她那廢物點心的爹不算。

堂姊妹力挺，唐家的態度很鮮明了。人家未來的婆婆也表態了，外人還能說什麼。

但這拳，卻打開了新局面。

雖然還有人說酸話，說一個是女子（唐勤書）一個是小人（小白臉顏謹容），都非常難養。但這話，還真沒人敢到他們面前說。

別看兩個都文文弱弱的，功夫可不差，鐵拳無敵，而且敢拚命。要不是他們這邊人多，早丟大臉了。

再說吧，還真很難把唐勤書當成尋常小姑娘。唐家女向來剽悍，但這個女吏很不一般……

射梅宴之後，她在京城最大的百會樓邀了同僚，和顏謹容一起端茶賠罪。話說得很軟，裡頭的骨頭卻很硬。

賠罪只是因為不該揮出第一拳，卻不認為見同僚（顏謹容）被辱該忍住。

雖說邀這一桌是顏謹容暗暗規劃的，但同僚不知道啊。唐勤書那英氣逼人的風儀立刻為人所傾倒，相當程度的泯滅了「女吏」柔弱的刻板印象。

一來是慕容掌櫃逼得緊，二來是顏謹容循循善誘，同僚有了台階，也就順勢下坡了。

後來吧，發現跟唐勤書生氣實在沒有意義。她就是個埋頭做事，連爭功諉過都不會的實在人。好在不會扭扭捏捏，雖然不太愛講話，但坐下來和同僚喝茶飲酒，也不推拖。

好氣度，好風儀。滿京就沒幾個公子能比她出色。

這時候倒有人可惜她生為女兒身。

顏謹容擦了擦汗，總算是，將這關給過了。論做事，唐勤書可以甩他十八條街，但論起做人，顏謹容可以甩她一百八十條街。

不過沒關係，表妹有我。

累是有點累，但是想到表妹將那個混帳打得鼻血長流，怒火燒上她的臉頰，是那麼的美麗可愛……

他心裡就甜滋滋的，像是吃了表妹親手做的冰糖燉梨，再舒心也沒有了。

其實開工第一天，唐勤書差點就拂袖而去。

她還真不希罕京城的繁華，在外面養野了，只覺得京城窒息而煩悶。既然人浮於事，自請外放算了。其實呂宋不錯，見見海外風光挺好，再不然，聽說突厥使團在招人，西域也是個不錯的選擇。

總之，比起在京城受氣，她寧願去天涯海角受苦。

當然，只能想想。

慕容掌櫃把她和表哥招進寶文司，沒做出成績……後果不敢想像。

她很不開心。

原本她就志不在此，說白了就是不想罰寫食譜意外弄出來的。其實只要能定案，她就想申請調令了。這個她和表哥談過，表哥很贊成。因為表哥也志不在此。

她想要沉下心趕緊做出成績，奈何同僚都是一群討厭鬼。

所以一開始，她忍了。

不得不忍，在京城就是有種種束縛，不像禮教鬆弛的山縫子和桃源縣。為了唐家和顏家的顏面不得不忍。

雖然說，現在已經是第三代女帝，表面上看來是個奔放的時代。但是細究其底，能夠活得恣意的女子，除了宗室女和商家，其他的真的不多，士大夫階層更是絕無僅有。

宗室有身分撐著，商家注重實利，對女兒出頭都是樂見其成。其他的還是注重子嗣，士大夫能對龍椅上的那位隱忍就很好了，自家女兒是不准反天的。

小門小戶的女兒去當女吏，視而不見就算了。家裡的庶女當女吏，乖乖去犄角兒貓著抄抄寫寫去，睜隻眼閉隻眼。

嫡女?!重要聯姻的資產，妳不好好發揮自己的價值出去拋頭露臉?!找死！

所以女吏已經這麼長久了，真正數得上號的只有小盧大人和崔錦文。

唐勤書完全知道這種看似開放實則封閉的環境，但她已經習慣備受重用，習慣能獨當一面。已經養野，並且養得自傲有自尊。現在要全部剝奪真是比殺了她還痛苦。

她只希望自己的忍讓能夠早點從寶文司脫身。

但是她一個閨中好友的來訪，讓她深深思考起來。

她這位閨中好友，是京城馮家的旁支，姓馮名綺顏，比她大四歲，也在唐家武學塾上過課。

別家的小姐五天來一次，主要也是練練弓箭，騎個馬，圖強健筋骨而已。她不同，每天都來，不但自己學武甚勤，幾個女婢也是被堅執銳之輩。說起來還跟唐勤書有半師之緣。

當時她年紀還小，跟不上進度，還是馮綺顏手把手教過一陣子，尊稱為師姐。

這個馮師姐，是個人物。

母親撒手西歸，沒兩個月繼母就進門了，還是進門喜，七個月就生了個弟弟。俗話說有後母就有後爹，真是一點都沒錯，何況那個後母還頗有心機手段。馮師姐和她哥，真是吃盡說不清楚的苦。

一般的閨秀遇到這種命運，只能暗自垂淚罷了。

但馮綺顏豈是一般閨秀。

馮家長公子被調唆得要長歪，馮綺顏抓著一把匕首去找她哥，抵著自己脖子聲淚俱下，「阿哥執意要廢棄學業耽於逸樂，妹妹不敢阻，但也沒活頭了。妹妹先去找阿娘賠罪。」

她還真的抹了脖子，血都噴到她哥身上，把她哥嚇得抱著她哭嚎，賭咒發誓絕對要給逝去的娘親討追封，從此奮發向上。

還不止如此，眼見老哥都二十了，後母親爹都沒打算給他找媳婦，馮綺顏直接找了族長，討要她親娘的嫁妝，聲稱後母不慈，但沒有為人子女告父母的。但她為人妹妹不忍兄長蹉跎，願意拿她娘親的全部嫁妝為聘禮，請聘淑女。

族長是為他們兄妹作主了，兒女繼承生母嫁妝也是理所當然。有族長干涉，她親爹雖然勃然大怒，還是捏著鼻子為她哥聘了恩師之女，婚後小夫妻倆就去了西北某小縣上任。

但是馮綺顏的名聲就徹底壞了。誰家敢聘這麼鬧騰的媳婦，可不是給自家找事。

暌違多年，重逢才知道，把馮綺顏恨個賊死的後母，將她給個將軍當填房。這個將軍年紀還不算太大，但兒子可不小了，馮綺顏出嫁的時候，長公子都七歲了。

說得好聽，過門就當家作主……那不廢話，婆母吊著最後一口氣給兒子續弦，等馮綺顏過門就過世了。悲痛欲絕的將軍大人將一屋子小妾和一雙兒女扔給馮綺顏，拍拍屁股，瀟灑的回冀州盡忠報國了。

唐勤書真心覺得這個將軍完全就是個渣。

自政德帝以後，就不把邊將家眷圈在京城當人質了。因為這沒用。真心要造反的，就不會把家眷放在心頭，大丈夫何患無妻嘛。有妻還怕沒有兒子，死了一個再娶一個就是了，皇帝弄死了父母妻兒，還可以做悲痛欲絕貌譴責皇帝不厚道，造反得更有理。

皇帝又不傻，何必吃力不討好。

一般守邊的將帥都會將兒女接到身邊，這個渣將軍把妻兒扔給京城老母就已經很不負責任，母親死了，居然把兒女扔給等於不認識的續弦……這完全是個狼心狗肺的東西。

馮綺顏倒是不以為意，「怕什麼？兒子女兒別人生好了，養就是了。養好了，妳說他們會孝順我還是會孝順他們爹？將軍大人還是別回來的好。」

她一直是個明白人。當初她和她哥活在後母手下，真是九死一生。但她非常清楚，她哥好她才能好，不然兩個都完了。她當然可以自私自利，但是投靠後母會有好處嗎？不會，只會被後母稱斤賣了。

與其如此，不如破臉大鬧，最少把她哥撈出去。事實證明，她的決定非常英明。她哥在西北升了知府，後母不敢把她真嫁給娘家的傻侄子，給她一樁起碼面上看得過去的親事。

她也不覺得這樁親事不好，反正她也懶得跟男人這種生物敷衍。現在她當家作主，繼子繼女也乖巧聽話。

當後母，她在行。跟這種職業的女人鬥了半輩子，她非常明白要怎麼當個好後母。

「所以我說，路都是人走出來的。」馮綺顏點著唐勤書額頭罵，「死心眼個什麼勁兒？名聲是什麼玩意兒？不當用不當吃的。眼前婚事都訂了，顏家腦筋沒缺弦就不敢悔婚……顏謹容得罪了榮華郡主，前途黯淡，沒妳還想娶到什麼好人家的媳婦兒？既然如此，忍什麼忍？賢良淑德的名聲對妳有什麼用處？」

唐勤書不得不承認，馮師姐慧眼獨具，一針見血。

所以她不忍了。

萬萬沒想到，這一拳真打開局面，豁然開朗，連呼吸都順暢了。

至於被娘親堵著門破口大罵，被怒氣沖沖的庶姐回來冷嘲熱諷……都無所謂了。

反正嫂子護著她，哥哥會乾脆的將庶姐轟走。

她什麼也不用怕。

打過架，端過茶後，寶文司情形好些了。

這讓唐勤書陷入長考。

她明白擺在她面前的是更為嚴苛的考驗。並不是這樣就完了。

京城的官吏圈子，這水非常深。一個寒門子弟想在這兒冒出頭都得先靠累積資歷，小心應酬，架起自己的人脈和關係網，這起碼也是十來年的工夫，才能奢望更進一步。

世家雖然讓科舉制度和吏屬考試制度打垮了大半，但倖存下來的宛如大浪淘沙，絕對是精英。這些精英世家子弟文成武就只是基本配備，最重要的是，他們幾乎從會走路開始，就學會了怎麼應酬往來，從小就為關係網和人脈努力，步入仕途後才能一帆風順，奧援多而崎嶇少。

她明白。因為世家女也殊途同歸，雖然不喜歡，但她的確受了完整的仕女交際教育，這是絕對不能避免的。

但是這對她已經沒有用處了。後宅能影響前院，但是「影響」已經不夠，她如果想做出一番事業，她需要在前院才行。

不得不說，她掙扎了，甚至有些退縮。

當然，她可以躲在顏家表哥身後，成為陰影，輔佐他就好了。

但這樣就不是我。

唐勤書雖然不知道何謂「自我實現」，但她的確是具有高度自我實現的人。由於性別和社會氛圍的緣故與壓力，她也會矛盾的覺得自己是否過度嗜權。

畢竟這時候的大燕朝還沒有女權的概念。她所思所想所為，除了三代女帝的強勢干涉，事實上是不被社會，特別是世家圈子所認同的。

這時候，她突然理解了小盧大人和崔錦文的苦衷。

同樣身為女吏，小盧大人走的是寒門士子的路線，但這麼多年也只成功了一個小盧大人。

連崔錦文的鑽營和周旋於權貴中，都覺得很難苛責她。雖然這樣跟宗室玩曖昧惹人閒話，不可否認，的確是讓她仕途平坦許多，不會步步荊棘。

事實上，她應該也沒有其他辦法吧……？

只是，她不該雙面欺瞞。

回到京中，唐勤書終於知道榮華郡主事件的始末。一起頭，榮華郡主以為芙蓉公子對她愛慕，所以才對顏家透了消息。但事實上，卻是崔賢誘導並且誤導了榮華郡主。

究竟是有意還是無意，唐勤書不想深究。但是顏家表哥都逃離京城了，不管怎麼說，崔賢真不該為了維持她的謊言，來信求顏家表哥認了。

這是終身大事。怎麼能夠理直氣壯的希望別人為她犧牲？這真的抵觸唐勤書的底線。

只是唐勤書不知道，在崔賢來看，這是大家都好的事情。榮華郡主和顏謹容，天造地設的一對。而她呢，雖然喜歡顏謹容，但那不是愛。

她需要榮華郡主的勢力和庇護，又不想嫁給顏謹容從此關在狹窄的後院，但是又不願意顏謹容討厭她……那只能使些小手段。

顏謹容尚榮華郡主，然後她還是榮華郡主的閨蜜……郡主是個護短的人，能夠在仕途上護著她。而且，成為儀賓的顏謹容，心裡還會有她，也能成為她的助力。

穿越小說的女主角不都是這樣，擁有高貴可以護短的閨蜜和心裡永遠只有她的優秀男配。她崔賢當然不會例外。

只是崔賢沒想到，人生不是小說，就算是小說，穿越女也不一定是主角。周遭的人不是傀儡，沒辦法都按照她的心意做，更不會人人讓步。

* * *

工部對女吏的觀感很差。

這也是唐勤書一起頭吃盡苦頭的緣故。

這跟小盧大人沒關係，當初她想打造馬蹄鐵，完全是窩在太僕寺跟匠人一起跟鐵爐死磕好幾年，一點都沒有麻煩到工部。

真正麻煩到工部的，是讓唐勤書感覺非常複雜的崔錦文。

崔錦文其實滿有想法的，而且會寫下花團錦簇的提議，看起來似乎很可行，但最後，都是轉發到工部，成立新司去設法完成。

比方說，人工琉璃。再比方說，香胰子。但是看起來似乎可行的提議，事實上關鍵的地方根本模糊不清，再怎麼試驗都沒有成功。

工部如實上報，但是崔錦文怒斥是工部辦事不力，請求交付民間研發。

坦白說，工部上下都炸毛了。跟崔錦文打了好久的口水仗，最後工部慘敗。這口惡氣還沒消呢，結果又是一個女吏，要搞什麼桃源印刷……難道雕版印刷有什麼不好嗎?!區區女吏就仗著能上密折，現在又來找麻煩!!

而且人來了還指手畫腳，真是叔叔可以忍嬸嬸也不能忍。

等跟同僚相處得比較和諧，唐勤書和顏謹容終於理清了前因後果，真是哭笑不得。

這也讓唐勤書痛下決心。

「顏表哥，」唐勤書在馬廄站定，他們現在能光明正大說兩句話的地方，只剩下下衙去牽馬的時候了，「我……我決定將京城當成桃源縣。」

她想拋棄那些無用的避諱，就像在桃源縣一般。她要真正成為「同僚」，而不是只能抄抄寫寫的「官衙千金」。

這條路並不好走，她會被看成異類。名聲搞不好會比崔賢還不堪，但是她已經決定不管那些後宅婦人的想法了。

我不要配合她們，反而是她們得容忍我。

但是……顏表哥能忍認她嗎……？

「好啊。」顏謹容對她粲然一笑，「本來就該這樣。」

……是不是他沒聽懂？

「我的意思是……」

「我會把妳引薦進世家公子的交際圈。」顏謹容倒是暗暗鬆了口氣。他知道表妹不好受，一天天的黯淡，困惑並且消沉。好多次他都想告訴她，沒關係，不要顧慮什麼。

當她揮出那一拳，顏謹容才發現，那個生氣蓬勃，目光銳利如刃的表弟……是真正的唐勤書。

讓他驚異，最終認同、傾慕，無比嚮往的唐勤書。

「不要覺得都是一群只會吟詩作對的紈褲。他們背景可是很不得了，未來說不定也會很不得了。妳放心，我引薦給妳的人絕對是……」

「表哥。」唐勤書打斷他，眼眶卻漸漸紅了。

當初他說，「弋言加之，與子宜之。宜言飲酒，與子偕老。琴瑟在御，莫不靜好。」

她一直沒有回應他。

「風雨如晦，雞鳴不已。既見君子，云胡不喜。」唐勤書低低的說，然後就飛身上馬跑了。

顏謹容站在那兒發呆，好一會兒才明白，隔了這麼久，表妹給他答覆了。

詩經唱和。

人生真的再也不能更美好。

——即使身在氣味不太宜人的馬廄旁。

四公子再度聚首，京城盛會。

唯一尚未婚配的芙蓉公子睽違多年閃亮登場。讓已經喜當爹、蓄起鬍子，曾經的三公子，和當初同窗同榜同髮小的諸位嘉賓，充滿了無比的羨慕忌妒恨。

都是二十初的青年，跟被歲月摧殘過的其他三公子不同，他依舊保持著光風霽月的風姿，大概是還沒有成家的關係，保留了一絲青澀，巧妙的揉合了少年的清亮與青年的沉穩。

那張美麗的芙蓉秀面，因為精緻的保養和風霜的歷練，顯得更為美麗。但少年的柔弱卻被這些年的洗鍊，褪變得獨留英氣。

──太可惡了，人人都因成長而長殘，你怎麼可以不合群？

可等跟在芙蓉公子身後的「少年」出現，讓這群已經開始凋謝的貴公子們的羨慕忌妒恨更上一層樓。

甫一看，真的被震懾住了，真想問何家兒郎如玉人。

其實吧，應該是象牙才對。在以白為美的京城，這「少年」膚色太深，是象牙色的。容貌吧，在滿京多美人的貴公子裡，也不是最美的，只算中人之姿。

但是那氣度，小小年紀卻能當上淵渟嶽峙，安閒自若而來，衣帶隨風。好氣度，好風儀。

只是靜靜站在那兒，氣質高華，宛然高山流泉，亦若沉靜碧潭。

讓人連呼吸都不敢重一分。

好一會兒才領悟到，這位「少年」，事實上是少女。畢竟沒有刻意掩飾身姿。但是時下女子著男裝很是盛行，稱之為「丈夫衣」。但從沒見過哪個少女能把丈夫衣穿出這種梅傲霜雪的姿儀。

芙蓉公子顏謹容非常禮貌的介紹這位男裝少女，「同僚，唐佐官。」

在座哪個不是人精，略琢磨就恍然大悟，然後八卦魂飛快燃燒，直至沸騰。

屁個同僚啊！佐官，廢話，誰不知道在京有份量的胥吏被稱為佐官。這位唐佐官明明是你未婚妻吧?!你怎麼……就把自己未婚妻拉來了這……

唐勤書徹底無視底下的眉眼官司，只恭敬的拱了拱手，先謝過主家，然後與同席一一見禮，就泰然自若的坐在顏謹容身側。

席間因此有一刻死寂。

但顏謹容是誰？自會走路就開始學著應酬往來。你以為光長得好看就能混出個京城四公子的名聲？太天真了。

所謂台上一分鐘，台下十年工。芙蓉公子顏謹容雖然不知道這個俗諺，卻徹底的貫徹了這個俗諺。這不是指君子六藝而已，還包括了最重要的人際往來啊。

於是他非常嫻熟的打破沉寂，並且談笑嫣然的熱絡氣氛，很快的就杯盞交晃，並且不動聲色、自然而然的將唐佐官薦與知交，並且暗示這雖是他未婚妻，卻也是他的同僚，此來的身分是唐佐官。

至於唐佐官唐勤書呢，她一直帶著淺淺淡淡的微笑，傾聽多而發言少，卻也能搭話在點子上。雖然在顏謹容那變態般的天才眼中，唐勤書資質平平，但她終究還是所學甚廣，甚至還有六年有餘的實務經歷，又喜歡讀縣府志。

雖然說作詩不願獻醜，但她的評詩堪稱毒辣精準。應對進退，不卑不亢，既兼有世家子的優美，又有官家的端方。後來興起射柳，十中之七，身姿矯健如游龍，不禁得為她賀聲彩。

完全夠格當個京城貴公子。

這時候就忍不住扼腕，惜是女兒身，不能真的來往。

以為芙蓉公子就是拿他未婚妻顯擺，讓人真恨不得回家釘小人。但是每次赴宴，都不忘帶同僚「唐佐官」同來。漸漸的，世家貴公子們就開始品出味道了。

同僚，唐佐官。

沒想到唐勤書真要走入仕途。顏謹容居然也同意，正在為她鋪路呢。

難道除了小盧大人和崔錦文，又要多出一個唐佐官？

固然有嗤之以鼻不屑一顧的，但也有基於對顏謹容的信心，想要看看他是否內舉不避親。再說，一個將自己定位成「佐官」，融入交際圈依舊目光嚴正，態度安閒的佐官，既不張揚，也不羞怯，就這樣坦坦蕩蕩的，宛如本該如此。

於是開始有人暗暗關注她究竟有何能為。

而這種關注，卻讓寶文司的運作，真正順暢起來。

這就是為什麼，唐勤書要別開蹊徑的緣故。她要爭取認同，最少要有個機會。並不是希望有什麼貴人給她開捷徑，只要同僚能夠信任她，讓她放手施為，那就可以了。

她並不覺得跟貴公子們來往有什麼困難，就像她所說的，她就是要把京城當成桃源縣。她在桃源縣和同僚怎麼來往，跟這些貴公子們就怎麼來往。

只要別只注意她的性別，別把她當異類，她就能有所作為。

雖然她的確是異類。

至於仕女圈如何非議，甚至毀謗，她都不在意。因為她一舉一止都站住了禮與理。她背後甚至有哥哥和顏表哥的絕對支持。

至於她娘親和庶姐的謾罵……

唐府真的很大，嫂子的情報網很及時。她總能避開那兩個人的追蹤，狡兔三窟就是這個時候用的。

史無前例的桃源印刷，終於在她苦心經營，和顏謹容努力策劃下，開始看到曙光。

唐勤書若是在二十一世紀，絕對是研究人才。她心靈手巧，善於實作。在動手之前模擬架構的能力，大燕無人出其右。

當然，這是非常粗糙的活字印刷。跟宋朝畢昇「膠泥」活字印刷術構想也相差極遠。由印章發想，最後以竹片相隔，最終的拓版也是來自拓碑的手法。

所以字體都偏大，木質印材的成本也居高不下。

但是，這的確是活字印刷的雛形，之後不斷完善，最終跳過膠泥，發展成金屬製作，生生擠掉了西方古騰堡的地位，成為這個歷史歧途最燦爛的發明之一。

唐勤書和顏謹容，也因此名留史冊。

可這個時候，他們還沒想到這麼遠。而是因為可行而欣喜若狂。即使雙手都布滿傷痕，但那是驕傲的傷痕，什麼都不能替換。

寶文司的第一份文件是皇榜，昭告天下准許墨法等諸家，公開傳述論道。

就文昭帝而言，並沒有如後世所推論有那麼偉大的深意。如同追封凰王，肯定傅淨的開國之功，並且追封傅嬪為惠貞皇太后……其實只是要為女帝的正當性加磚添瓦，無意間卻合了天意，只能說誤打誤撞，運氣也為實力的一環。

這個後世稱為「後百家齊鳴」的劃時代皇榜，更因為是活字印刷的第一份文件而在後世的博物館珍重保存，文昭帝的真正意思也只是想給在朝為官的儒家子弟找點事做，別一直盯著他們皇家傳承、甚至是皇帝床第之事吵個沒完沒了。

會交給寶文司，也是想花了這麼多錢這麼多時間，總該給朕一個交代。

幹得差了，朕可不依。

結果吧，文昭帝雖然挺傲嬌的說「差強人意」，但唇角的笑卻沒能壓下去。

從交付文件，檢字排版、印刷，總共只花了一天半的時間，首版兩百餘張，比起手工謄抄快得多，並且不必擔心錯漏。寶文司刻意多刻了一個花押，這兩百餘張皇榜連偽造的可能都泯除了，因為花押印後即毀。

寶文司因此聲名大噪。

樂得顏謹容作東，把全司同僚請去百會樓大醉一場，最後是沒喝多少酒的唐勤書無奈的將差點醉死的顏家表哥送回去。

誰知道樂沒多久，峰迴路轉，崔錦文上折獻名，文昭帝許之，「桃源印刷」改名「活字印刷」。

工部上下譁然了。

這事看起來很小，事實上卻觸犯了工部上下的神經。命名權這種事情，往往能覆蓋發明人。唐勤書就算不太懂做人，顏謹容卻是個人精。命名這回事早早的交給尚書大人，他們工部的老大了。

不管怎麼說，寶文司是工部的一個分司，而他們老大的確是支持的。不然哪能年許就這麼順利的完成。於公於私，都應該是老大來命名。

老大落了好名聲，他們下面的小弟也能落到好處，這才是官場無往不利的精髓。崔錦文卻這樣平白無故，上下嘴皮一碰，就把他們工部的功勞輕描淡寫的奪了去。就算當朝知曉來龍去脈，可是下傳幾代，史書簡筆只知活字印刷，那豈不是成了崔錦文一個人的功勞。

唐勤書雖然不是很明白當中陰暗的玄機，但是顏謹容一憤慨的說明，她就明白了。她終究是個比較講求實際，擅長解決問題的能吏。

「寶文司也該印第一本書了。只印個皇榜，也太可惜。」她淡淡的說。

於是抓了顏謹容捉刀，和寶文司諸同僚集思廣益，出版了第一本活字印刷的書。內容為「寶文司活字印刷源起與沿革」，用字巧麗妙筆生花，詼諧風趣的將「不想罰寫食譜」的起因寫在最初，之後將如何界定常用字，如何尋到最佳製版材料與活字材料，當中艱辛一一細數。

並且不動聲色的捧了一把工部上下，最後把寶文司同僚的名字都列在最後，最前的是工部尚書。

首印兩百本。此時還不會雙面印刷，而是印一大張對折，預留裝訂線的線裝書。但是在熟練匠人檢字付印下，速度比起雕版印刷並不慢到哪兒去。這可說是這個歷史歧途最初的「方塊字」書。

由工部尚書呈獻，文昭帝大悅，恩賞，並督促史官詳細記錄。寶文司從此成工部常在部門。

結果換工部尚書邀了全工部的同僚，特別把顏謹容和唐勤書奉為上賓，又大醉了一場，最後還是唐勤書設法將醉貓似的顏謹容扛回家。

崔錦文和工部的暗中交手，以工部得勝作終。但真正的得益人卻是唐勤書和顏謹容。

畢竟能名列史書的是他們倆。

就在眾人皆認為唐勤書與顏謹容將在工部一帆風順時，卻驚聞這兩個有大功的官吏雙雙辭職。

唐勤書請調刑部，結果尚未知曉。顏謹容辭官，意欲問鼎來年春闈。

這個轉折未免也太神。

兩家的哥哥挽著袖子準備打人時，顏謹容和唐勤書倒是攜手春遊去了。

「我也好久沒做飯給你吃了。」唐勤書有點歉意的說。

顏謹容皺眉，看著她手上斑駁的舊傷。「我看起來很沒良心，可勁兒就想折騰妳的手？夠了，妳不心疼我心疼。」

她輕聲笑著，引著顏謹容到她預定的地點。

春來桃花開，在壓枝的桃花之下，挑著餛飩擔子的老漢憨厚的笑了笑，「官人，您要的擔子俺挑來了。」

唐勤書也微笑，點了點頭。洗了洗手，就開始包餛飩，用料看起來早已備好。

「我還以為妳找我來賞花。」顏謹容抱怨，卻盯著她手上的餛飩暗暗吞口水。

真的好久沒吃到她作的菜。也好久，沒替她看火。

其實吧，也沒幾個人能如她一般，做菜跟作詩一樣好看、瀟灑。

捧著一碗餛飩湯，相對而坐，落英繽紛，幾片桃花瓣落在餛飩間，綠的蔥，白的餛飩，紅的花瓣。

是春天的味道。是人間的味道。

是，唐勤書的味道。

嬌嬌的，味道。

其實，她還是唐家嬌嬌。即使外表鋒銳了。而她將所有的嬌，都放進味之一道中，掩埋的這麼深。

只有我才知道。

最後的點心卻是一盤烤饅頭片。顏謹容笑了起來，那笑如春日朗朗。

在上京的旅途中，他胃口很差，唐勤書卻苦於無米之炊。最後，將他無法下嚥的饅頭切成片，抹了豬油撒了糖，兩面都烤得脆脆的。

就是在吃這樣簡陋的甜點時，他們談起彼此的抱負。

「本來覺得，去不去翰林院沒有關係。」顏謹容啃著烤饅頭片說，「但是吧，既然有了桃源印刷，我覺得非去不可。大燕此時，文官武將人才濟濟，我真不用去湊熱鬧。但是這種有益千秋萬代的事情，需要有個人來做。」

他眼睛發亮，「翰林院那些書不該堆著生灰。縣府志其實該流傳，而不是只有幕僚才會想要看一看。若是天下每個縣學都能有個文館藏書，百姓都能去看、傳抄，妳想想，想一想就好。」

「這是多麼偉大的事情。」

「這才是翰林院該做的事情。這才是千秋萬代的大事。」

唐勤書笑著跟他乾了一杯清水。

「我的志向沒有那麼偉大。」唐勤書坦承，「我想去刑部。」

她有點不好意思，「我從小就是看著《瑄案錄》長大的。我想成為……另一個謝青天。」

就是這樣，六曹事她都沒有拒絕，非常努力的學習。因為刑案往往跟六曹事都有關連。不是會背點大燕律和爰書就能辦案了，哪那麼簡單。

或許閩南侯的名聲極盛，但是她最敬佩的卻是謝大人子瑄。雖然謝子瑄最著名的是閩南侯的狗頭軍師，狡獪奸詐的讓海賊罵閩南侯頂多罵娘，罵謝子瑄卻要罵他祖宗十八代。

斷案如神，其實只是謝子瑄傳奇人生的一環而已。

但是他所踏足之處，被百姓奉為青天。

「為冥鳴冤，為死者喉舌，願青天開。」唐勤書的臉頰染上一抹興奮又莊重的紅暈，「這就是我的志願。」

「這志願很好。」顏謹容點頭，遞給她一塊烤饅頭片，「我們的志願都很好。」

所以我們才會彼此相悅。這原來是命中註定。

看著這盤烤饅頭片，顏謹容目光柔和。

其實吧，還有另一個志向更迫切。

「皇差算是辦完了。」他清了清嗓子，「可我們……我們的事，是不是，是不是也該辦了。」

唐勤書抬頭看他。看著他的忐忑和羞澀。

有的時候，還是會覺得他是表姊。

「我已洗手作羹湯。」她忍不住想逗逗他，「不知大雁何時來家？」

「……很快。」

但她沒想到如此之快。

第二天顏家上門納采，最引人注目的是六對大雁。活的，而且很肥。看起來是活捉以後圈養了一陣子。

她以為自己會淡然沉著。但沒想到還是握著臉，對著大雁傻笑了好一會兒。

好在沒有人看見。

顏謹容對待這場婚事非常慎重。三書六禮絕對不能草率行事……雖然他好想娶唐家表妹過門。

但親事一生只有一次，怎能馬虎？再說吧，他辭官將自己擼成白身，現在只是個舉子，這樣哪裡可以？

所以呢，他親力親為，三書六禮行完，正好在年前，成婚日也看好日子了，正好是二月二十三，春闈放榜殿試後。一口氣達成金榜題名時、洞房花燭夜兩大成就。

怎麼能委屈名動京城的唐佐官下嫁給個舉子。

所以呢，他一面備考，一面忙自己的親事。至於落榜的可能性……呵呵。

那是絕對不可能的。

雖然說，丟開書本那麼久，絕大部分的為官舉子再也不能奢望登桂榜，但那絕不會是芙蓉公子顏謹容。

或許頭甲（狀元、榜眼、探花）無望，但應該還能在二甲有個名次。他的心也不大，上榜就行。之後考翰林院，那些嫩生生的小進士就不是他這個成熟穩重（的萬年主簿）的敵手。

翰林院總該沒有主簿了吧？再主簿，他要上書哭訴了啊！殺人不過頭點地。

其實自從顏謹容回京，真有不少人等著看榮華郡主怎麼出招……事實上，吃不消的儀賓姜公子真的試圖禍水東引過，可惜榮華郡主不吃他那一套。

榮華郡主府真的很熱鬧。

將儀賓踹出大門後，姜公子四處求援，最終宗室府無奈受理，語重心長的跟榮華郡主懇談一番，最後達成協議。

的確，御賜郡主府根本不管養儀賓的小老婆和私生子，真堅持這點不是在皇家臉上抹黑嗎？所以在訓誡儀賓和姜家後，儀賓可以入郡主府了。

但郡主府外頭掛了個牌子，上面大書，「狗與賤妾不得入內」，很讓儀賓的面子下不來。

可姜儀賓還是抱了個僥倖的心理，並沒有解散姬妾，依舊養在姜家。榮華郡主畢竟是郡主而已，並不是公主。一般的郡主通常是下嫁，儀賓只是個稱呼，娶了郡主的儀賓有姬妾不算什麼特例。

女人嘛，哄哄就好了。等哄到那顆真心，還不是男人說什麼是什麼。

可惜的是，榮華郡主不是一般的郡主。她能納儀賓，是慕容掌櫃給的恩典。

在姜儀賓自認已經將榮華郡主哄貼心了，意圖將庶子女認在榮華郡主名下……被榮華郡主平靜的告上宗室府，罪名是「意圖混淆皇室血脈」，然後姜儀賓下了大獄。

雖然在公婆一起跪求郡主後，榮華撤了狀子，讓姜儀賓免了牢獄之災，卻也讓姜儀賓再也不肯踏入郡主府了。

接下來更精彩。

姜儀賓有二妾四婢，拒不解散。榮華郡主覺得男子不過如此，納過才知道很虧，所以她海選了六美，納為女郎。暮則同夢，朝則隨行，同鏡而妝，同桌而食。

其香豔多情，莫之能名狀。十二萬分的滿足了她好色的欲望。她又慷慨大方，待六美如珠似寶，而且通情達理，知道跟著她胡混也混不出孩子，所以都是簽四年約，約滿發嫁，還厚贈嫁妝。

（結果約滿六美皆不肯去）

她來這一著，直把姜儀賓氣得倒仰。

直到唐勤書和顏謹容將寶文司的皇差辦妥了，都已經開始行三書六禮……榮華郡主府還熱鬧滾滾，高居京城八卦排行榜第一名。

姜儀賓已經被京城人忘到天邊海角，現在最新興的八卦是郡主府六女郎何者居冠……榮華郡主開始帶心愛的女郎出入宴席了。

這年頭，能把百合開得這麼理直氣壯兼燦爛輝煌的，古往今來也只有榮華郡主一人耳。

與榮華郡主的恩怨，就這麼心領神會的消除了。或者可以說，榮華郡主壓根就把芙蓉公子給忘到後腦勺。畢竟她除了熱鬧的愛情生活外，朝堂上也是跺地有聲的人物，忙得很。

倒是納采隔天，崔錦文登門拜訪唐勤書。

因為嫂子不在家，管家來問，唐勤書原本不想見……事實上沒有交情，又不曾先投帖，直接堵門找人，太過無禮。

但是崔錦文已經上書獲准，下個月就要隨使臣往駐新突厥。一路萬般艱辛且不提，既然要駐紮該地，此生能不能回來還是未知之數。

她無所謂見不見，但對崔錦文可能很重要。

於是她在外院花廳見了。

崔賢很美，真的，很美。

她想，傳說中的西施應該就是這樣，愁蹙柳煙之眉，驪壓三秋之華，娉娉婷婷，如閒花照水。美得哀愁，美得讓人心生不忍。

即使憔悴，也是楚楚動人。

但也是盛開到最華美的時刻了。

她和顏謹容同年，即使在晚婚晚育的此時，真的，也太晚了。

和她來往親密的郡王親王，都已經迎娶了正妃。和她同行同止的青年才俊，孩子都會走路了。

如花美眷，似水流年。一年年的，過去了。

或許是這樣，所以才想遠去大漠？

崔賢仔細看了唐勤書好一會兒，開口的第一句話遠遠超出唐勤書的想像。

「天龍蓋地虎？」

「……哈？」

唐勤書完全陷入茫然了。

「別裝了，裝逼被雷劈知不知道？」崔賢拍桌子，「妳來多久了？是不是坍方那年來的？……」

唐勤書看著崔賢的櫻桃小嘴快速的一開一闔，明明她講得是官話，無奈湊在一起幾乎都聽不懂，更答不出來。

崔賢說了個痛快，端起茶碗一飲而盡，翹起二郎腿，揮著袖子當扇子，所有的儀態和柔雅都崩塌了。

「妳一定是理工生。老娘瘋了才跟妳這理工瘋子較勁。」她自己又倒了碗茶，「老娘早受夠了！走路吃飯坐臥都要規矩……規矩！沒被逼瘋是老娘心理素質好！不跟你們玩了，老娘要去泡器大活好的外國人！看就知道顏謹容就只有外表能看裡頭……算了，再說好像我捨不得似的。」

崔賢一不講話，瞬間冷場。

「嗯，什麼是『器大活好』？」為什麼外國人有這特性可顏家表哥沒有？正在喝茶的崔賢嗆了。咳了個驚天動地後，笑得氣都喘不過來。

「妳一定不是九〇後的，算了，跟妳這土包子說啥？」她撇了撇嘴，「不要以為剽竊了活版印刷很了不起……顏謹容是我不要的，妳撿去當寶！」

最後崔賢淨臉梳妝後，搖身一變，又恢復了閉花照水的楚楚動人，行動美得如詩如夢，儀態萬千又知書達禮的告別。

——這麼年輕就魔怔了，實在可憐。大概是最近刺激太多太大了……離開京城也好。聽說有人換個環境魔怔就好了……她真不忍心說崔賢發瘋了。

所以她濫用了一次密折，懇切的關懷了新突厥使節團的醫療問題。文昭帝倒是沒有責備她，畢竟人家言之有理——辛辛苦苦的送了一團人去，結果非戰損太多，該有的文化交流因此打折扣，再送一團豈不是要花更多錢？

因此崔賢跟隨的這個使節團擁有了非常豪華的醫療團隊，因此促進了新突厥的醫療水準，只能說是意外之喜。

崔賢平安抵達新突厥首都疏勒，從此展開她不平凡人生的新樂章。雖然她沒混上新突厥雙首長制的侯君（皇后），卻的確在這禮教鬆弛的異國找到她的春天——一個多重混血深目高鼻的異國王子，而且還支持她的文化事業。

她「改良」並且推行了阿拉伯數字和橫式帳本，「首創」借貸原則，從新突厥流行回大燕，促成了一波帳目改革，終於留名青史了。

多年後，崔錦文的種種功績回傳大燕，顏謹容半天才想起她是誰，唐勤書倒是私底下感覺很安慰。

——魔怔到底還是好了。果然需要換個環境，身邊要有好醫生。魔怔到底不是絕症。

這麼多年她問誰也不知道啥是「器大活好」。

* * *

話說春闈，芙蓉公子一點意外也沒有的高掛桂榜，二甲三十八。

其實這成績已經算是很不錯了，可認識他的親朋好友紛紛扼腕。當年他若不逃去桃源縣幹啥主簿，他原本是妥妥的探花郎，瞧，蹉跎幾年，這下耽誤了吧。

但是顏謹容卻喜笑顏開，高興得像是中了狀元。

別傻了，頭甲有什麼好的？若不是去桃源縣當主簿，嬌嬌能落到他碗裡嗎？比起嬌嬌兒，拿一百個狀元都不肯換，何況是區區探花郎？

他要娶嬌嬌表妹了。

光想到就興奮得發抖。

其實他們的婚禮辦得很慎重，但是聘禮嫁妝都不多，不要說十里紅妝，一里都沒有。聘禮一般，嫁妝只有二十四抬。

畢竟，此時的當家人，還是唐爹和顏爹，公中肯出的銀子，非常微薄。但是他們倆只是弟弟和妹妹，萬沒有讓哥哥嫂嫂貼補婚嫁的道理。

先是唐勤書堅持。事實上她一直都是哥哥嫂嫂撫養長大的，這已經超出他們該做的範圍太多。自己的父親越發耽於逸樂，也越看重身邊財物。母親的嫁妝也所剩無幾，她寧願貼補給父親換一個笑臉，也不想貼補從來不貼心的小女兒。

二十四抬就二十四抬吧。她相信表哥不是為了十里紅妝才想娶她。

顏謹容的確覺得無所謂，寧可招人笑也配合她的嫁妝。二十四抬裡頭有三抬田土，他已經覺得太多了。

顏娘不在乎，她早就超脫了。想當初她何止十里紅妝，整整一百二十八抬，可是也沒保障她婚姻幸福。

小兒女歡喜就好。

那一天，鑼鼓喧天，鳳冠霞披的新娘子沒有蓋紅蓋頭，而是拎著一把團扇遮面。她想要明明白白的走上她不一樣的未來。

拜別父母。這對廢物點心保持他們的本色，不但心不在焉，連送嫁詞都沒背完整，幸好有嫂子接口念完，聲音顫顫，眼眶嫣紅。

嫂子還算是繃住了，可惜哥哥拆她台。才將唐勤書背起，哥哥怎麼也邁不出步子，哇的一聲嚎啕，「不嫁了！咱們不嫁了！哥養妳一輩子！」

惹得嫂子噴淚，嗚咽不成語。最後是哭笑不得的侄兒又哄又勸，才勉強將她背入轎內。

她亦珠淚闌珊。

「……我說，別這樣好嗎？」顏謹容悶了，「顏唐兩家隔沒五條街，頓飯可以走馬兩個來回。至於哭成這樣？搶心肝也就這樣了。」

賓客哄堂，在轎內的唐勤書亦破涕而笑。

是應該笑著。

不過表哥也笑得太傻了，吟完卻扇詩，她拿下扇子，露出分外明豔的妝容，他笑得一如青澀少年，漾著紅，漾著甜，漾著沒完沒了的歡喜。

外頭連催他去敬酒，他拉著唐勤書的手不斷傻笑，說什麼都捨不了手。

甩了幾次都不肯放，惹得唐勤書都笑了。

她將袖裡的荷包塞到他手裡，「吃吧。別空著肚子灌酒。」那原是她準備餓的時候填肚子。

「不是妳做的我不吃。」他開始覺得外面的賓客很煩。自己喝就好了，拉他做啥，浪費他的洞房花燭夜。

「是我做的。」唐勤書低頭，「你一定沒吃過。」

最後他大哥進來抓人，他才戀戀不捨的走了。

荷包裡是只有桂圓大小的麻糬。非常小，但是很精緻。裡頭是很綿的紅豆餡，卻有一點花生的香，使得甜味都軟了。香Q的麻糬，融成一種叫做喜悅的美味。

只有五個，他都吃了。不但是胃，連心都甜得滿滿的，填的滿滿的。

他將畢生的才智都拿來避免醉倒。興奮又忐忑的迎接人生最大的幸福：洞房花燭夜。

洗浴後的嬌嬌，去了明豔妝容，卻顯得眉目清朗，那般真實。

他的唐家表弟，唐勤書，他的嬌嬌兒。

色授魂與，並將如鴛鴦交頸……

不過那是理想狀態。

現實是，太過緊張、一直保持純潔的芙蓉公子，雖然已經努力研讀了各色春宮圖，但是面臨了他連科舉都不曾出現過的臨場忘詞。在弓在弦上不得不發的時刻……找不到該去的花徑。

同樣沒有經驗但是不怯場的唐勤書顯然比較沉得住氣，長於實務的唐佐官在婚前不但仔細看了壓箱底，還孜孜不倦的將她生了三個孩子的大嫂問得奪門而逃。

考慮了意外傷害和表哥自尊種種問題後，唐佐官毅然決然的推倒了芙蓉公子，直接「征服」，讓顏主簿擁有了一個永生難忘、銷魂蝕骨的新婚夜。

雖然疼，但是對於慣於吃苦的唐勤書來說，還是可以忍受的範圍。但是表哥縮在被子裡不吭聲，讓她覺得很頭疼。

想辦法把他拖出來，他滿臉通紅而且羞澀，眼角還有半滴淚。

唐勤書有種錯覺。她終究還是娶了表姊回來。「是我弄疼你了嗎？」

「…………」顏謹容覺得羞憤欲死。

對於健康教育一無所知的顏謹容，完全不知道處子第一回就勇猛過人真的是奢望，他的情形非常正常……而且還是太過刺激的女上位。

他正萬念俱灰的想著哪個大夫口風比較緊。

雖然是表姊狀態，卻意外惹人憐愛啊表哥。唐勤書吻了吻他的眼角，覺得被安慰的顏謹容當然就禮尚往來。

漸漸的就把春宮圖程序什麼的全忘乾淨，親憐蜜愛後不知道怎麼又滾在一起，這次終於有了正確的方式……

事後顏謹容滿足的吻了吻疲倦睡去的唐勤書，很自豪明天不必去看大夫了。

我可行得很呢。

睡熟的嬌嬌，面容很平靜、脆弱。看起來比實際的年紀小，像是十五、六歲。

在極度亢奮後，心跳漸漸的緩和，勞累了一整天，他卻睡不著了。

或許他捨不得這一刻的安寧、靜謐。

終於在一起了，永遠在一起。生則同衾，死則同墳。

世上再不會有第二個唐勤書，他總算保住了心底那個唯一的靈泉。

珍視著臂彎裡熟睡的她，他湧起一抹溫軟的微笑，如陌上純淨少年，沁滿杏花的香氣。

睜開眼睛，天色初明，臂彎空空，床冷被剩。

宛如昨夜只是一場美麗的春夢。

顏謹容覺得他的心跳和呼吸都忘了。空落得似臟腑都被摘掉，只灌滿了慌張和害怕。

若不是唐勤書提著食盒推門進來，他恐怕都要失聲大叫了。

「做夢了？」唐勤書端詳他，「很久沒做飯給你吃了。快吃吧，吃完還要去敬茶。」

說也奇怪，她也就說了幾句話，五臟六腑全歸位，驚慌失措都跟錯覺一般。

「……還以為妳丟了。」甚至不敢責備，只是小聲的咕噥。

完了，這輩子真的被壓落底了。

「怎麼可能？」她啼笑皆非，「真的做夢了呀？夢都是顛倒的，不要怕。」

早餐很豐盛，最少就她做的飯菜，是很豐盛的。五個菜，還有一缽香稻粥。

紅燒蔥。沒想到她還記得他喜歡。漬苦瓜，這個配粥最好。去核酸梅？這不是吃不下飯才拿來送粥的嗎？居然還做了蜂蜜甜豆，他是很愛吃，可嬌嬌怕他壞牙都不准他吃多。只有醬釀豆腐最正常，在桃源縣時也常吃。

他每樣都伸了筷子，只要是嬌嬌做的，他都喜歡。都快一年沒見到她做的菜了。

等等。

辛、苦、酸、甘、鹹。五味。

「人生五味，與君偕同。」唐勤書低聲說，試圖泰然自若，臉頰卻豔如火霞。

這一定是他所聽過最好「吃」的情話了。

（官官相護完）

作者的話

如果不出意外，大燕朝記事應該暫時到官官相護為止。

當然，這是暫時。將來會不會寫我也不清楚，只是目前覺得，夠了。再寫大約也寫不出什麼新意，行所當行，止所當止。

能架構出大燕朝，就一個作者而言自然是非常得意的。這樣拼圖式的架構一個虛擬朝代，時序上沒有重大問題……對於一個從來不筆記，只用大腦打草稿的說書人而言，其實真的可以了。

但是終究，這種隨心所欲試圖寫史到底會遇到障礙。這個障礙就是試圖挖掘更深時，會有種迷霧中模糊不清的部分。

所以，這樣就好了。再深寫下去很可能會歪斜，很可能會暴走，失去基本的合理性……那就可惜了。

還是那句老話，行所當行，止所當止。

其實我也承認，我卡關了。

以前有所不滿，有所渴望，所以寫起愛情非常容易。但是現在，終於來到人生的成熟期，現在寫愛情真的好困難。

或許我會更多的思考。其實人生當中愛情的部分占的比例真的很稀少，值得書寫的情感並不僅限於此。

這就是一個兩難題。讀者想看的，和說書人想說的，是兩回事。

原本我很困擾，但是想想，禁咒師的主調本來就不是愛情吧？或許讀者也能接受？說不定是疲倦了。那些爾虞我詐真心厭煩，何不活得純粹一點，當個安靜的美男子……我是說，當個安靜的人不好嗎？還不如多想想晚餐吃什麼，不要小看這個願望，人一生中能吃的餐點是有限的，為了體重和健康，很多頓都得犧牲，甚至要規避美食。

發現了吧？下一餐吃什麼是多麼重要又寶貴的問題啊。

會寫官官相護，也是對愛情這題材有點彈性疲乏，而且真心想寫女吏……既然已經設定好。一個發配到窮鄉僻壤的基層女公務員。

她需要堅韌才能熬得住，需要醒悟才能甘之若飴。最重要的是……她做的菜都很簡單，而且都是我會做、我想要吃的菜。

簡單的生活，簡單的菜，簡單的心境。

說來容易，卻是最不簡單的。

嗯，其實我覺得很難表達我的領悟，長篇大論寫起來就變成說教啦，那多沒意思。

或許年輕的讀者，看到的是唐表弟和顏表姊，看到的是一道道被說書人唬爛的美食。

這是對的。

但是，我希望過了幾年，重新看這本書，能看到一種，寧靜。

這樣就不枉費我反覆琢磨思量這部小品。

如果能如此，那就真的太好了。

希望能在下一本書，與你重逢。

蝴蝶2015/6/28

Seba · 蝴蝶

國家圖書館出版品預行編目資料

官官相護 / 蝴蝶Seba 著.
-- 初版. -- 新北市：雅書堂文化, 2015.12
面； 公分. -(蝴蝶館；70)
ISBN 978-986-302-278-7 (平裝)

857.7　　　104023826

蝴蝶館 70

官官相護

作　　者／蝴　蝶
發 行 人／詹慶和
總 編 輯／蔡麗玲
執行編輯／蔡毓玲
編　　輯／劉蕙寧・黃璟安・陳姿伶・白宜平・李佳穎
封面繪圖／五十本宛
執行美編／陳麗娜
美術編輯／周盈汝・翟秀美・韓欣恬

出版者／雅書堂文化事業有限公司
郵政劃撥帳號／18225950
戶名／雅書堂文化事業有限公司
地址／新北市板橋區板新路206號3樓
電子信箱／elegant.books@msa.hinet.net
電話／（02）8952-4078
傳真／（02）8952-4084

2015年12月初版一刷　定價240元

總經銷／朝日文化事業有限公司
進退貨地址／新北市中和區橋安街15巷1號7樓
電話／（02）2249-7714
傳真／（02）2249-8715